莎士比亚全集·中文本（典藏版）
William Shakespeare: Complete Works

［英］威廉·莎士比亚（William Shakespeare）著
辜正坤 主编／辜正坤 译

麦克白

The Tragedy of Macbeth

外语教学与研究出版社
北京

京权图字：01-2016-5011

THE TRAGEDY OF MACBETH

图书在版编目（CIP）数据

麦克白 /（英）威廉 · 莎士比亚（William Shakespeare）著 ；辜正坤译．
北京 ：外语教学与研究出版社，2024．6．--（莎士比亚全集 / 辜正坤主编）．
ISBN 978-7-5213-5320-4
Ⅰ．I561.33
中国国家版本馆 CIP 数据核字第 2024VG8626 号

麦克白
MAIKEBAI

出 版 人　王　芳
项目负责　邢印姝　郭芮萱
责任编辑　李亚琦
责任校对　周渝毅
封面设计　张　潇
出版发行　外语教学与研究出版社
社　　址　北京市西三环北路 19 号（100089）
网　　址　https://www.fltrp.com
印　　刷　三河市北燕印装有限公司
开　　本　710×1000　1/16
印　　张　9.5
字　　数　152 千字
版　　次　2024 年 6 月第 1 版
印　　次　2024 年 6 月第 1 次印刷
书　　号　ISBN 978-7-5213-5320-4
定　　价　68.00 元

如有图书采购需求，图书内容或印刷装订等问题，侵权、盗版书籍等线索，请拨打以下电话或关注官方服务号：
客服电话：400 898 7008
官方服务号：微信搜索并关注公众号“外研社官方服务号”
外研社购书网址：https://fltrp.tmall.com

物料号：353200001

出版说明

1623 年，莎士比亚的演员同僚们倾注心血结集出版了历史上第一部《莎士比亚全集》——著名的第一对开本，这是三百多年来许多导演和演员最为钟爱的莎士比亚文本。2007 年，由英国皇家莎士比亚剧团（Royal Shakespeare Company）推出的《莎士比亚全集》，则是对第一对开本首次全面的修订。

本套《莎士比亚全集》新汉译本，正是依据当今莎学界最负声望的皇家版《莎士比亚全集》翻译而成。译本的凡例说明如下：

一、**文体：**剧文有诗体和散体之分。未及最右行末即转行的为诗体。文字连排、直至最右行末转行的，则为散体。

二、**舞台提示：**

1）角色的上场与下场及其他舞台提示以仿宋体排出，穿插于剧文中的舞台提示以圆括号进行标注，如：(对亨利王子)。

2）舞台提示中的特殊符号。译本所依据的皇家版《莎士比亚全集》的编辑者对舞台提示中的不确定情形以特殊符号予以标注，译本亦保留了这些符号：如（旁白？）表示某行剧文既可作为旁白，亦可当作对话；又如某个舞台活动置于箭头↓↓之间，表示它可发生在一场戏中的多个不同时刻。

三、**脚注：**脚注中除标注有“译者附注”字样的，均译自或改编自皇家版《莎士比亚全集》注释。脚注多为对剧文中背景知识及专名的解释，以使读者更好地理解剧情；亦包含部分与英文原文相关的脚注，以使读者在品味译者的佳文时，亦体验到英文原文的精妙。

四、文本：译本以第一对开本为蓝本，部分剧目中四开本与之明显相异的段落亦有译出，附于正文之后，供读者参考。

此《莎士比亚全集》新汉译本历经策划、翻译、编辑加工和印装等工序，各个环节的参与者均竭尽全力，力求完美，但由于水平、精力所限，难免有所错漏，敬请广大读者赐教指正。

外语教学与研究出版社

综合出版事业部

莎士比亚诗体重译集序

辜正坤

他非一代骚人，实属万古千秋。

这是英国大作家本·琼森（Ben Jonson）在第一部《莎士比亚全集》（*Mr. William Shakespeares Comedies, Histories, & Tragedies*, 1623）扉页上题诗中的诗行。三百多年来，莎士比亚在全球逐步成为一个家喻户晓的名字，似乎与这句预言在在呼应。但这并非偶然言中，有许多因素可以解释莎士比亚这一巨大的文化现象产生的必然性。最关键的，至少有下面几点。

首先，其作品内容具有惊人的多样性。世界上很难有第二个作家像莎士比亚这样能够驾驭如此广阔的题材。他的作品内容几乎无所不包，称得上英国社会的百科全书。帝王将相、走卒凡夫、才子佳人、恶棍屠夫……一切社会阶层都展现于他的笔底。从海上到陆地，从宫廷到民间，从国际到国内，从灵界到凡尘……笔锋所指，无处不至。悲剧、喜剧、历史剧、传奇剧，叙事诗、抒情诗……都成为他显示天才的文学样式。从哲理的韵味到浪漫的爱情，从盘根错节的叙述到一唱三叹的诗思，波涛汹涌的情怀，妙夺天工的笔触，凡开卷展读者，无不为之拊掌称绝。即使只从莎士比亚使用过的海量英语词汇来看，也令人产生仰之弥高的感觉。德国语言学家马克斯·缪勒（Max Müller）原以为莎士比亚使用过的词汇最多为 15,000 个，事后证明这当然是小看了语言大师的词汇储藏量。美国教授爱德华·霍尔登（Edward Holden）经过一番考察后，认为至少达 24,000 个。可是他哪里知道，这依然是一种低估。有学者甚至声称用电脑检索出莎士比亚用的词汇多达 43,566 个！当然，这些数据还不是莎士比亚作品之所以产生空前影响的关键因素。

其次，但也许是更重要的原因：他的作品具有极高的娱乐性。文学作品的生命力在于它能寓教于乐。莎士比亚的作品不是枯燥的说教，而是能够给予读者或观众极大艺术享受的娱乐性创造物，往往具有明显的煽情效果，有意刺激人的欲望。这种艺术取向当然不是纯粹为了娱乐而娱乐，掩藏在背后的是当时西方人强有力的人本主义精神，即用以人为本的价值观来对抗欧洲上千年来以神为本的宗教价值观。重欲望、重娱乐的人本主义倾向明显对重神灵、重禁欲的神本主义产生了极大的挑战。当然，莎士比亚的人本主义与中国古人所主张的人本主义有很大的区别。要而言之，前者在相当大的程度上肯定了人的本能欲望或原始欲望的正当性，而后者则主要强调以人的仁爱为本规范人类社会秩序的高尚的道德要求。二者都具有娱乐效果，但前者具有纵欲性或开放性娱乐效果，后者则具有节欲性或适度自律性娱乐效果。换句话说，对于 16、17 世纪的西方人来说，莎士比亚的作品暗中契合了试图挣脱过分禁欲的宗教教义的约束而走向个性解放的千百万西方人的娱乐追求，因此，它会取得巨大成功是势所必然的。

第三，时势造英雄。人类其实从来不缺善于煽情的作手或视野宏阔的巨匠，缺的常常是时势和机遇。莎士比亚的时代恰恰是英国文艺复兴思潮达到鼎盛的时代。禁欲千年之久的欧洲社会如堤坝围裹的宏湖，表面上浪静风平，其底层却汹涌着决堤的纵欲性暗流。一旦湖堤洞开，飞涛大浪呼卷而下，浩浩汤汤，汇作长河，而莎士比亚恰好是河面上乘势而起的弄潮儿，其迎合西方人情趣的精湛表演，遂赢得两岸雷鸣般的喝彩声。时势不光涵盖社会发展的总趋势，也牵连着别的因素。比如说，文学或文化理论界、政治意识形态对莎士比亚作品理解、阐释的多样性与莎士比亚作品本身内容的多样性产生相辅相成的效果。“说不尽的莎士比亚”成了西方学术界的口头禅。西方的每一种意识形态理论，尤其是文学理论，要想获得有效性，都势必会将阐释莎士比亚的作品作为试金石。17 世纪初的人文主义，18 世纪的启蒙主义，19 世纪的浪漫主义，20 世纪的现实主义或批判现实主义，都不同程度地、选择性地把莎士比亚作品作为阐释其理论特点的例证。也许 17 世纪的古典主义曾经阻遏过西方人对莎士比亚作品的过度热情，但是 19 世纪的浪漫主义流派却把莎士比亚作品推崇到无以复加的崇高地位，莎士比亚俨然成了西方文学的神灵。20 世纪以来，西方资本主义阵营和社会主义阵营可以说在意识形态的各个方面都互相对立，势同水火，可是在对待莎士比亚的问题上，居然有着惊人的共识与默契。不用说，社会主义阵营的立场与社会主义理论的创始者马克思（Karl Marx）、恩格斯（Friedrich Engels）个人的审美情趣息息相关。马克思一家都是莎士比亚的粉丝；马克思称莎士比亚为“人类最伟大的天才之一，人类文学奥林波斯山上的宙斯”！他号召作家们要更加莎士比亚化。恩格斯甚至指出：“单是《快乐的温莎巧妇》[1]的第一幕就比全部德国文学包含着更多的生活气息。”不用说，这些话多多少少有某种程度的文学性夸张，但对莎士比亚的崇高地位来说，却无疑产生了极大的推动作用。

第四，1623 年版《莎士比亚全集》奠定莎士比亚崇拜传统。这个版本即眼前译本所依据的皇家版《莎士比亚全集》（*The RSC William Shakespeare: Complete Works*, 2007）的主要内容。该版本产生于莎士比亚去世的第七年。莎士比亚的舞台同仁赫明奇（John Heminge）和康德尔（Henry Condell）整理出版了第一部莎士比亚戏剧集。当时的大学者、大

1 英文剧名为 The Merry Wives of Windsor，朱生豪先生译作《温莎的风流娘儿们》；重译本综合考虑剧情和英文书名，译作《快乐的温莎巧妇》。

作家本·琼森为之题诗，诗中写道:“他非一代骚人，实属万古千秋。”这个调子奠定了莎士比亚偶像崇拜的传统。而这个传统一旦形成，后人就难以反抗。英国文学中的莎士比亚偶像崇拜传统已经形成了一种自我完善、自我调整、自我更新的机制。至少近两百年来，莎士比亚的文学成就已被宣传成世界文学的顶峰。

第五，现在署名“莎士比亚”的作品很可能不只是莎士比亚一个人的成果，而是凝聚了当时英国若干戏剧创作精英的团体努力。众多大作家的智慧浓缩在以“莎士比亚”为代号的作品集中，其成就的伟大性自然就获得了解释。当然，这最后一点只是莎士比亚研究界若干学者的研究性推测，远非定论。有的莎士比亚著作爱好者害怕一旦证明莎士比亚不是署名为“莎士比亚”的著作的作者，莎士比亚的著作便失去了价值，这完全是杞人忧天。道理很简单，人们即使证明了《红楼梦》的作者不是曹雪芹，或《三国演义》的作者不是罗贯中，也丝毫不影响这些作品的伟大价值。同理，人们即使证明了《莎士比亚全集》不是莎士比亚一个人创作的，也丝毫不会影响《莎士比亚全集》是世界文学中的伟大作品这个事实，反倒会更有力地证明这个事实，因为集体的智慧远胜于个人。

皇家版《莎士比亚全集》译本翻译总思路

横亘于前的这套新译本，是依据当今莎学界最负声望的皇家版《莎士比亚全集》进行翻译的，而皇家版又正是以本·琼森题过诗的1623年版《莎士比亚全集》为主要依据。

这套译本是在考察了中国现有的各种译本后，根据新的历史条件和新的翻译目的打造出来的。其总的翻译思路是本套译本主编会同外语教学与研究出版社的相关领导和责任编辑讨论的结果。总起来说，皇家版《莎士比亚全集》译本在翻译思路上主要遵循了以下几条：

1. 版本依据。如上所述，本版汉译本译文以英国皇家版《莎士比亚全集》为基本依据。但在翻译过程中，译者亦酌情参阅了其他版本，以增进对原作的理解。

2. 翻译内容包括：内页所含全部文字。例如作品介绍与评论、正文、注释等。

3. 注释处理问题。对于注释的处理：1）翻译时，如果正文译文已经将英文版某注释的基本含义较准确地表达出来了，则该注释即可取消；2）如果正文译文只是部分地将英文版对应注释的基本含义表达出来，则该注释可以视情况部分或全部保留；3）如果注释本身存疑，可以在保留原注的情况下，加入译者的新注。但是所加内容务必有理有据。

4. 翻译风格问题。对于风格的处理：1）在整体风格上，译文应该尽量逼肖原作整体风格，包括以诗体译诗体，以散体译散体；2）在具体的文字传输处理上，通常应该注重汉译本身的文字魅力，增强汉译本的可读性。不宜太白话，不宜太文言；文白用语，宜尽量自然得体。句子不要太绕，注意汉语自身表达的句法结构，尤其是其逻辑表达方式。意义的异化性不等于文字形式本身的异化性，因此要注意用汉语的归化性来传输、保留原作含义的异化性。朱生豪先生的译本语言流畅、可读性强，但可惜不是诗体，有违原作形式。当下译本是要在承传朱先生译本优点的基础上，根据新时代的读者审美趣味，取得新的进展。梁实秋先生等的译本，在达意的准确性上，比朱译有所进步，也是我们应该吸纳的优点。但是梁译文采不足，则须注意避其短。方平先生等的译本，也把莎士比亚翻译往前推进了一步，在进行大规模诗体翻译方面作出了宝贵的尝试，但是离真正的诗体尚有距离。此外，前此的所有译本对于莎士比亚原作的色情类用语都有程度不同的忽略，本套皇家版译本则尽力在此方面还原莎士比亚的本真状态（论述见后文）。其他还有一些译本，亦都应该受到我们的关注，处理原则类推。每种译本都有自己独特的东西。我们希望美的译文是这套译本的突出特点。

5. 借鉴他种汉译本问题。凡是我们曾经参考过的较好的译本，都在适当的地方加以注明，承认前辈译者的功绩。借鉴利用是完全必要的，但是要正大光明，避免暗中抄袭。

6. 具体翻译策略问题特别关键，下文将其单列进行陈述。

莎士比亚作品翻译领域大转折：真正的诗体译本

莎士比亚首先是一个诗人。莎士比亚的作品基本上都以诗体写成。因此，要想尽可能还原本真的莎士比亚，就必须将莎士比亚作品翻译成为诗体而不是散文，这在莎学界已经成为共识。但是紧接而来的问题是：什么叫诗体？或需要什么样的诗体？

按照我们的想法：1）所谓诗体，首先是措辞上的诗味必须尽可能浓郁；2）节奏上的诗味（包括分行）等要予以高度重视；3）结合中国人的审美习惯，剧文可以押韵，也可以不押韵。但不押韵的剧文首先要满足前两个要求。

本全集翻译原计划由笔者一个人来完成。但是，莎士比亚的创作具有惊人的多样性，其作品来源也明显具有莎士比亚时代若干其他作家与作品的痕迹，因此，完全由某一个译者翻译成一种风格，也许难免偏颇，难以和莎士比亚风格的多样性相呼应。所以，集众人的力量来完成大业，应该更加合理，更加具有可操作性。

具体说来，新时代提出了什么要求？简而言之，就是用真正的诗体翻译莎士比亚的诗体剧文。这个任务，是朱生豪先生无法完成的。朱先生说过，他在翻译莎士比亚作品时，“当然预备全部用散文译出，否则将要了我的命”。[1] 显然，朱先生也考虑过用诗体来翻译莎士比亚著作的问题，但是他的结论是：第一，靠单独一个人用诗体翻译《莎士比亚全集》是办不到的，会因此累死；第二，他用散文翻译也是不得已的办法，因为只有这样他才有可能在有生之年完成《莎士比亚全集》的翻译工作。

将《莎士比亚全集》翻译成诗体比翻译成散文体要难得多。难到什么程度呢？和朱生豪先生的翻译进度比较一下就知道了。朱先生翻译得最快的时候，一天可以翻译一万字。[2] 为什么会这么快？朱先生才华过人，这当然是一个因素，但关键因素是：他是用散文翻译的。用真正的诗体就不一样了。以笔者自己的体验，今日照样用散文翻译莎士比亚剧本，最快时也可达到每日一万字。这是因为今日的译者有比以前更完备的注释本和众多的前辈汉译本作参考，至少在理解原著时，要比朱先生当年省力得多，所以翻译速度上最高达到一万字是不难的。但是翻译成诗体就是另外一回事了。这比自己写诗还要难得多。写诗是自己随意发挥，译诗则必须按照别人的意思发挥，等于是戴着镣铐跳舞。笔者自己写诗，诗兴浓时，一天数百行都可以写得出来，但是翻译诗，一天只能是几十行，统计成字数，往往还不到一千字，最多只是朱生豪先生散文翻译速度的十分之一。梁实秋先生翻译《莎士比亚全集》用的也是散文，但是也花了 37 年，如果要翻译成真正的诗体，那么至少得 370 年！由此可见，真正的诗体《莎士比亚全集》汉译本的诞生，有多么艰难。此次笔者约稿的各位译者，都是用诗体翻译，并且都表示花费了大量的时间，

1 见朱生豪大约在 1936 年夏致宋清如信：“今天下午，我试译了两页莎士比亚，还算顺利，不过恐怕终于不过是 Poor Stuff 而已。当然预备全部用散文译出，否则将要了我的命。”（《伉俪：朱生豪宋清如诗文选》下卷，中国青年出版社，2013 年，第 94 页）

2 朱生豪：“今天因为提起了精神，却很兴奋，晚上译了六千字，今天一共译一万字。”（同上，第 101 页）

皇家版《莎士比亚全集》译本凝聚了诸位译者的多少努力，也就不言而喻了。

翻译诗体分辨：不是分了行就是真正的诗

主张将莎士比亚剧作翻译成诗体成了共识，但是什么才是诗体，却缺乏共识。在白话诗盛行的时代，许多人只是简单地认定分了行的文字就是诗这个概念。分行只是一个初级的现代诗要求，甚至不必是必然要求，因为有些称为诗的文字甚至连分行形式都没有。不过，在莎士比亚作品的翻译上，要让译文具有诗体的特征，首先是必定要分行的，因为莎士比亚原作本身就有严格的分行形式。这个不用多说。但是译文按莎士比亚的方式分了行，只是达到了一个初级的低标准。莎士比亚的剧文读起来像不像诗，还大有讲究。

卞之琳先生对此是颇有体会的。他的译本是分行式诗体，但是他自己也并不认为他译出的莎士比亚剧本就是真正的诗体译本。他说：读者阅读他的译本时，“如果……不感到是诗体，不妨就当散文读，就用散文标准来衡量”。[1]这是一个诚实的译者说出的诚实话。不过，卞先生很谦虚，他有许多剧文其实读起来还是称得上诗体的。原因是什么？原因是他注意到了笔者上文提到的两点：第一，诗的措辞；第二，诗的节奏。只不过他迫于某些客观原因，并没有自始至终侧重这方面的追求而已。

显然，一些译本翻译了莎士比亚的剧文，在行数上靠近莎士比亚原作，措辞也还流畅。这些是不是就是理想的诗体莎士比亚译本呢？笔者认为，这还不够。什么是诗，对于中国人来说有几千年的历史，我们不

1　卞之琳：《莎士比亚悲剧四种》，方志出版社，2007 年，第 4 页。

能脱离这个悠久的传统来讨论这个问题。为此，我们不得不重新提到一些基本概念：什么是诗？什么是诗歌翻译？

诗歌是语言艺术，诗歌翻译也就必须是语言艺术

讨论诗歌翻译必须从讨论诗歌开始。

诗主情。诗言志。诚然。但诗歌首先应该是一种精妙的语言艺术。同理，诗歌的翻译也就不得不首先表现为同类精妙的语言艺术。若译者的语言平庸而无光彩，与原作的语言艺术程度差距太远，那就最多只是原诗含义的注释性文字，算不得真正的诗歌翻译。

那么，何谓诗歌的语言艺术？

无他，修辞造句、音韵格律一整套规矩而已。无规矩不成方圆，无限制难成大师。奥运会上所有的技能比赛，无不按照特定的规矩来显示参赛者高妙的技能。德国诗人歌德（Johann Wolfgang von Goethe）《自然和艺术》（“Natur und Kunst”）一诗最末两行亦彰扬此理：

非限制难见作手，
唯规矩予人自由。[1]

艺术家的“自由”，得心应手之谓也。诗歌既为语言艺术，自然就有一整套相应的语言艺术规则。诗人应用这套规则时，一旦达到得心应手的程度，那就是达到了真正成熟的境界。当然，规矩并非一点都不可打破，但只有能够将规矩使用到随心所欲而不逾矩的程度的人，才真正有资格去创立新规矩，丰富旧规矩。创新是在承传旧规则长处的基础上来进行的，而不是完全推翻旧规则，肆意妄为。事实证明，在语言艺术上

1 In der Beschränkung zeigt sich erst der Meister, / Und das Gesetz nur kann uns Freiheit geben. 参见 http://www.business-it.nl/files/7d413a5dca62fc735a072b16fbf050b1-27.php.

凡无视积淀千年的诗歌语言规则，随心所欲地巧立名目、乱行胡来者，永不可能在诗歌语言艺术上取得大的成就，所以歌德认为：

若徒有放任习性，
则永难至境遨游。[1]

诗歌语言艺术如此需要规则，如此不可放任不羁，诗歌的翻译自然也同样需要相类似的要求。这个要求就是笔者前面提出的主张：若原诗是精妙的语言艺术，则理论上说来，译诗也应是同类精妙的语言艺术。

但是，“同类”绝非“同样”。因为，由于原作和译作使用的语言载体不一样，其各自产生的语言艺术规则和效果也就各有各的特点，大多不可同样复制、照搬。所以译作的最高目标，是尽可能在译入语的语言艺术领域达到程度大致相近的语言艺术效果。这种大致相近的艺术效果程度可叫作“最佳近似度”。它实际上也就是一种翻译标准，只不过针对不同的文类，最佳近似度究竟在哪些因素方面可最佳程度地（并不一定是最大程度地）取得近似效果，不是一成不变的，而是具有高度的灵活性。不同的文类，甚至针对不同的受众，我们都可以设定不同的最佳近似度。这点在拙著《中西诗比较鉴赏与翻译理论》（清华大学出版社，2010年）的相关章节中有详细的厘定，此不赘。

话与诗的关系：话不是诗

古人的口语本来就是白话，与现在的人说的口语是白话一个道理。

1 Vergebens werden ungebundene Geister / Nach der Vollendung reiner Höhe streben. 参见 http://www.cosmiq.de/qa/show/3454062/Vergebens-werden-ungebundne-Geister-Nach-der-Vollendung-reiner-Hoehe-streben-Was-ist-die-Bedeutung-dieser-2-Verse-Ich-komm-nicht-drauf/t.

正因为白话太俗，不够文雅，古人慢慢将白话进行改进，使它更加规范、更加准确，并且用语更加丰富多彩，于是文言产生。在文言的基础上，还有更文的文字现象，那就是诗歌，于是诗歌产生。所以就诗歌而言，文言味实际上就是一种特殊的诗味。文言有浅近的文言，也有佶屈聱牙的文言。中国传统诗歌绝大多数是浅近的文言，但绝非口语、白话。诗中有话的因素，自不待言，但话的因素往往正是诗试图抑制的成分。

文言和诗歌的产生是低俗的口语进化到高雅、准确层次的标志。文言和诗歌的进一步发展使得语言的艺术性愈益增强。最终，文言和诗歌完成了艺术性语言的结晶化定型。这标志着古代文学和文学语言的伟大进步。《诗经》、楚辞、唐诗、宋词、元明戏曲，以及从先秦、汉、唐、宋、元至明清的散文等，都是中国语言艺术逐步登峰造极的明证。

人们往往忘记：话不是诗，诗是话的升华。话据说至少有**几十万年**的历史，而诗却只有**几千年**的历史。白话通过漫长的岁月才升华成了诗。因此，从理论上说，白话诗不是最好的诗，而只是低层次的、初级的诗。当一行文字写得不像是话时，它也许更像诗。“太阳落下山去了”是话，硬说它是诗，也只是平庸的诗，人人可为。而同样含义的“白日依山尽”不像是话，却是真正的诗，非一般人可为，只有诗人才写得出。它的语言表达方式与一般人的通用白话脱离开来了，实现了与通用语的偏离(deviation from the norm)。这里的通用语指人们天天使用的白话。试想把唐诗宋词译成白话，还有多少诗味剩下来?

谢谢古代先辈们一代又一代、不屈不挠的努力，话终于进化成了诗。

但是，20 世纪初一些激进的中国学者鼓荡起一场声势浩大的白话文运动。

客观说来，用白话文来书写、阅读自然科学和人文科学文献，例如哲学、政治学、伦理学、经济学等等文献，这都是**伟大的进步**。这个进步甚至可以上溯到八百多年前朱熹等大学者用白话体文章传输理学思想。对此笔者非常拥护，非常赞成。

但是约一百年前的白话诗运动却未免走向了极端，事实上是一种语言艺术方面的倒退行为。已经高度进化的诗词曲形式被强行要求返祖回归到三千多年前的类似白话的状态，已经高度语言艺术化了的诗被强行要求退化成话。艺术性相对较低的白话反倒成了正统，艺术性较高的诗反倒成了异端。其实，容许口语类白话诗和文言类诗并存，这才是正确的选择。但一些激进学者故意拔高白话地位，在诗歌创作领域搞成白话至上主义，这就走上了极端主义道路。

这个运动影响到诗歌翻译的结果是什么呢？结果是西方所有的大诗人，不论是古代的还是近代的，如荷马（Homer）、但丁（Dante）、莎士比亚、歌德、雨果（Victor Hugo）、普希金（Alexander Pushkin）……都莫名其妙地似乎用同一支笔写出了20世纪初才出现的味道几乎相同的白话文汉诗！

将产生这种极端性结果的原因再回推，我们会清楚地明白，当年的某些学者把文学艺术简单雷同于人文社会科学，误解了文学艺术，尤其是诗歌艺术的特殊性质，误以为诗就是话，混淆了诗与话的形式因素。

针对莎士比亚戏剧诗的翻译对策

由上可知，莎士比亚的剧文既然大多是格律诗，无论有韵无韵，它们都是诗，都有格律性。因此在汉译中，我们就有必要显示出它具有格律性，而这种格律性就是诗性。

问题在于，格律性是附着在语言形式上的；语言改变了，附着其上的格律性也就大多会消失。换句话说，格律大多不可复制或模仿，这就正如用钢琴弹不出二胡的效果，用古筝奏不出黑管的效果一样。但是，原作的内在旋律是可以模仿的，只是音色变了。原作的诗性是可以换个形式营造的，这就是利用汉语本身的语言特点营造出大略类似的语言艺术审美效果。

由于换了另外一种语言媒介，原作的语音美设计大多已经不能照搬、复制，甚至模拟了，那么我们就只好断然舍弃掉原作的许多语音美设计，而代之以译入语自身的语言艺术结构产生的语音美艺术设计。当然，原作的某些语音美设计还是可以尝试模拟保留的，但在通常的情况下，大多数的语音美已经不可能传输或复制了。

利用汉语本身的语音审美特点来营造莎士比亚诗歌的汉译语音审美效果，是莎士比亚作品翻译的一个有效途径。机械照搬原作的语音审美模式多半会失败，并且在大多数的场合下也没有必要。

具体说来，这就涉及翻译莎士比亚戏剧作品时该如何处理：1）节奏；2）韵律；3）措辞。笔者主张，在这三个方面，我们都可以适当借鉴利用中国古代词曲体的某些因素。戏剧剧文中的诗行一般都不宜多用单调的律诗和绝句体式。元明戏剧为什么没有采用前此盛行的五言或七言诗行而采用了长短错杂、众体皆备的词曲体？这是一种艺术形式发展的必然。元明曲体由于要更好更灵活地满足抒情、叙事、论理等诸多需要，故借用发展了词的形式，但不是纯粹的词，而是融入了民间语汇。词这种形式涵盖了一言、二言、三言、四言、五言、六言、七言、八言……乃至十多言的长短句式，因此利于表达变化莫测的情、事、理。从这个意义上看，莎士比亚剧文语言单位的参差不齐状态与中文词曲体句式的参差不齐状态正好有某种相互呼应的效果。

也许有人说，莎士比亚的剧文虽然是格律诗，但并不怎么押韵，因此汉诗翻译也就不必押韵。这个说法也有一定道理，但是道理并不充实。

首先，我们应该明白，既然莎士比亚的剧文是诗体，人们读到现今的散体译文或不押韵的分行译文却难以感受到其应有的诗歌风味，原因即在于其音乐性太弱。如果人们能够照搬莎士比亚素体诗所惯常用的音步效果及由此引起的措辞特点，当然更好。但事实上，原作的节奏效果是印欧语系语言本身的效果，换了一种语言，其效果就大多不能搬用了，所以我们只好利用汉语本身的优势来创造新的音乐美。这种音乐美很难说是原作的音乐美，但是它毕竟能够满足一点：即诗体剧文应该具有诗歌应有的音乐美这个起码要求。而汉译的押韵可以强化这种音乐美。

其次，莎士比亚的剧文不押韵是由诸多因素造成的。第一，属于印欧语系语言的英语在押韵方面存在先天的多音节不规则形式缺陷，导致押韵词汇范围相对较窄。所以对于英国诗人来说，很苦于押韵难工；莎士比亚的许多押韵体诗，例如十四行诗，在押韵方面都不很工整。其次，莎士比亚的剧文虽不押韵，却在节奏方面十分考究，这就弥补了音韵方面的不足。第三，莎士比亚的剧文几乎绝大多数是诗行，对于剧作者来说，每部长达两三千行的诗行行都要押韵，这是一个极大的挑战，很难完成。而一旦改用素体，剧作者便会轻松得多。但是，以上几点对于汉语译本则不是一个问题。汉语的词汇及语音构成方式决定了它天生就是一种有利于押韵的艺术性语言。汉语存在大量同韵字，押韵是一件很容易的事情。汉语的语音音调变化也比莎士比亚使用的英语的音调变化空间大一倍以上。汉语音调至少有四种（加上轻重变化可达六至八种），而英语的音调主要局限于轻重语调两种，所以存在于印欧语系文字诗歌中的频频押韵有时会产生的单调感，在汉语中会在很大程度上由于语调的多变而得到缓解。故汉语戏剧剧文在押韵方面有很大的潜在优势空间，实际上元明戏剧剧文频频押韵就是证明。

第三，莎士比亚的剧文虽然很多不押韵，但却具极强的节奏感。他惯用的格律多半是抑扬格五音步（iambic pentameter）诗行。如果我们在节奏方面难以传达原作的音美，或者可以通过韵律的音美来弥补节奏美的丧失，这种翻译对策谓之堤内损失堤外补，亦谓失之东隅，收之桑榆。我们的语言在某方面有缺陷，可以通过另一方面的优点来弥补。当然，笔者主张在一定程度上借鉴利用传统词曲的风味，却并不主张使用宋词、元曲式的严谨格律，而只是追求一种过分散文化和过分格律化之间的妥协状态。有韵但是不严格，要适当注意平仄，但不过多追求平仄效果及诗行的整齐与否；不必有太固定的建行形式，只是根据诗歌本身的内容和情绪赋予适当的节奏与韵式。在措辞上则保持与白话有一段距离，但是绝非佶屈聱牙的文言，而是趋近典雅、但普通读者也能读懂的语言。

最后，根据翻译标准多元互补论原理，由于莎士比亚作品在内容、形式及审美效应方面具有多样性，因此，只用一种类乎纯诗体译法来翻译所有的莎士比亚剧文，也是不完美的，因为单一的做法也许无形中堵塞了其他有益的审美趣味通道。因此，这套译本的译风虽然整体上强调诗化、诗味，但是在营造诗味的途径和程度上不是单一的。我们允许诗体译风的灵活性和创新性。多译者译法实际上也是在探索诗体译法的诸多可能性，这为我们将来进一步改进这套译本铺垫了一条较宽的道路。因此，译文从严格押韵、半押韵到不押韵的各个程度，译本都有涉猎。但是，无论是否押韵，其节奏和措辞应该总是富于诗意，这个要求则是统一的。这是我们对皇家版《莎士比亚全集》译本的语言和风格要求。不能说我们能完全达到这个目标，但我们是往这个方向努力的。正是这样的努力，使这套译本与前此译本有很大的差异，在一定的意义上来说，标志着中国莎士比亚著作翻译的一次大转折。

翻译突破：还原莎士比亚作品禁忌区域

另有一个课题是中国学者从前讨论得比较少的禁忌领域，即莎士比亚著作中的性描写现象。

许多西方学者认为，莎士比亚酷爱色情字眼，他的著作渗透着性描写、性暗示。只要有机会，他就总会在字里行间，用上与性相联系的双关语。西方人很早就搜罗莎士比亚著作的此类用语，编纂了莎士比亚淫秽用语词典。这类词典还不止一种。1995 年，我又看到弗朗基·鲁宾斯坦（Frankie Rubinstein）等编纂了《莎士比亚性双关语释义词典》（*A Dictionary of Shakespeare's Sexual Puns and Their Significance*），厚达 372 页。

赤裸裸的性描写或过多的淫秽用语在传统中国文学作品中是受到非议的，尽管有《金瓶梅》这样被判为淫秽作品的文学现象，但是中国传统的主流舆论还是抑制这类作品的。莎士比亚的作品固然不是通常意义上的淫秽作品，但是它的大量实际用语确实有很强的色情味。这个极鲜明的特点恰恰被前此的所有汉译本故意掩盖或在无意中抹杀掉。莎士比亚的所有汉译者，尤其是像朱生豪先生这样的译者，显然不愿意中国读者看到莎士比亚的文笔有非常泼辣的大量使用性相关脏话的特点。这个特点多半都被巧妙地漏译或改译。于是出现一种怪现象，莎士比亚著作中有些大段的篇章变成汉语后，尽管读起来是通顺的，读者对这些话语却往往感到莫名其妙。以《罗密欧与朱丽叶》第一幕第一场前面的 30 行台词为例，这是凯普莱特家两个仆人山普孙与葛莱古里之间的淫秽对话。但是，读者阅读过去的汉译本时，很难看到他们是在说淫秽的脏话，甚至会认为这些对话只是仆人之间的胡话，没有什么意义。

不过，前此的译本对这类用语和描写的态度也并不完全一样，而是依据年代距离在逐步改变。朱生豪先生的译本对这些东西删除改动得最多，梁实秋先生已经有所保留，但还是有节制。方平先生等的译本保留得更多一些，但仍然持有相当的保留态度。此外，从英语的不同版本看，有的版本注释得明白，有的版本故意模糊，有的版本注释者自己也没有弄懂这些双关语，那就更别说中国译者了。

在这一点上，我们目前使用的皇家版《莎士比亚全集》是做得最好的。

那么，我们该怎样来翻译莎士比亚的这种用语呢？是迫于传统中国道德取向的习惯巧妙地回避，还是尽可能忠实地传达莎士比亚的本真用意？我们认为，前此的译本依据各自所处时代的中国人道德价值的接受状态，采用了相应的翻译对策，出现了某种程度的曲译，这是可以理解的，是特定历史条件下的产物。但是，历史在前进，中国人的道德观已经有了很大的改变，尤其是在性禁忌领域。说实话，无论我们怎样真实地还原莎士比亚著作中的性双关描写，比起当代文学作品中有时无所忌讳的淫秽描写来，莎士比亚还真是有小巫见大巫的感觉。换句话说，目前中国人在这方面的外来道德价值接受状态，已经完全可以接受莎士比亚著作中的性双关用语了。因此，我们的做法是尽可能真实还原莎士比亚性相关用语的现象。在通常的情况下，如果直译不能实现这种现象的传输，我们就采用注释。可以说，在这方面，目前这个版本是所有莎士比亚汉译本中做得最超前的。

译法示例

莎士比亚作品的文字具有多种风格，早期的、中期的和晚期的语言风格有明显区别，悲剧、喜剧、历史剧、十四行诗的语言风格也有区别。甚至同样是悲剧或喜剧，莎士比亚的语言风格往往也会很不相同。比如同样是属于悲剧，《罗密欧与朱丽叶》剧文中就常常有押韵的段落，而大悲剧《李尔王》却很少押韵；同样是喜剧，《威尼斯商人》是格律素体诗，而《快乐的温莎巧妇》却大多是散文体。

与此现象相应，我们的翻译当然也就有多种风格。虽然不完全一一对应，但我们有意避免将莎士比亚著作翻译成千篇一律的一种文体。从这个意义上说，皇家版《莎士比亚全集》汉译本在某些方面采用了全新的译法。这种全新译法不是孤立的一种译法，而是力求展示多种翻译风格、多种审美尝试。多样化为我们将来精益求精提供了相对更多的选择。如果现在固定为一种单一的风格，那么将来要想有新的突破，就困难了。概括说来，我们的多种翻译风格主要包括：1）有韵体诗词曲风味译法；2）有韵体现代文白融合译法；3）无韵体白话诗译法。下面依次选出若干相应风格的译例，供读者和有关方面品鉴。

一、有韵体诗词曲风味译法

有韵体诗词曲风味译法注意使用一些传统诗词曲中诗味比较浓郁的词汇，同时注意遣词不偏僻，节奏比较明快，音韵也比较和谐。但是，它们并不是严格意义上的传统诗词曲，只是带点诗词曲的风味而已。例如：

女巫甲　何时我等再相逢？
闪电雷鸣急雨中？
女巫乙　待到硝烟烽火静，
沙场成败见雌雄。
女巫丙　残阳犹挂在西空。　（《麦克白》第一幕第一场）

小丑甲　当时年少爱风流，
有滋有味有甜头；
行乐哪管韶华逝，
天下柔情最销愁。　（《哈姆莱特》第五幕第一场）

朱丽叶　天未曙，罗郎，何苦别意匆忙？
鸟音啼，声声亮，惊骇罗郎心房。
休听作破晓云雀歌，只是夜莺唱，
石榴树间，夜夜有它设歌场。
信我，罗郎，端的只是夜莺轻唱。
罗密欧　不，是云雀报晓，不是莺歌，
看东方，无情朝阳，暗洒霞光，
流云万朵，镶嵌银带飘如浪。
星斗如烛，恰似残灯剩微芒，
欢乐白昼，悄然驻步雾嶂群岗。
奈何，我去也则生，留也必亡。
朱丽叶　听我言，天际微芒非破晓霞光，
只是金乌，吐射流星当空亮，
似明炬，今夜为郎，朗照边邦，
何愁它曼托瓦路，漫远悠长。
且稍待，正无须行色皇皇仓仓。
罗密欧　纵身陷人手，蒙斧钺加诛于刑场；
只要这勾留遂你愿，我欣然承当。
让我说，那天际灰朦，非黎明醒眼，
乃月神眉宇，幽幽映现，淡淡辉光；
那歌鸣亦非云雀之讴，哪怕它
嚣然振动于头上空冥，嘹亮高亢。
我巴不得栖身此地，永不他往。
来吧，死亡！倘朱丽叶愿遂此望。
如何，心肝？畅谈吧，趁夜色迷茫。

（《罗密欧与朱丽叶》第三幕第五场）

二、有韵体现代文白融合译法

有韵体现代文白融合译法的特点是：基本押韵，措辞上白话与文言尽量能够水乳交融；充分利用诗歌的现代节奏感，俾便能够念起来朗朗上口。例如：

哈姆莱特 死，还是生？这才是问题根本：
莫道是苦海无涯，但操戈奋进，
终赢得一片清平；或默对逆运，
忍受它箭石交攻，敢问，
两番选择，何为上乘？
死灭，睡也，倘借得长眠
可治心伤，愈千万肉身苦痛痕，
则岂非美境，人所追寻？死，睡也，
睡中或有梦魇生，唉，症结在此；
倘能撒手这碌碌凡尘，长入死梦，
又谁知梦境何形？念及此忧，
不由人踌躇难定：这满腹疑情
竟使人苟延年命，忍对苦难平生。
假如借短刀一柄，即可解脱身心，
谁甘愿受人世的鞭挞与讥评，
强权者的威压，傲慢者的骄横，
失恋的痛楚，法律的耽延，
官吏的暴虐，甚或默受小人
对贤德者肆意拳脚加身？
谁又愿肩负这如许重担，
流汗、呻吟，疲于奔命，
倘非对死后的处境心存疑云，

惧那未经发现的国土从古至今
无孤旅归来，意志的迷惘
使我辈宁愿忍受现世的忧闷，
而不敢飞身投向未知的苦境？
前瞻后顾使我们全成懦夫，
于是，本色天然的决断决行，
罩上了一层思想的惨淡余阴，
只可惜诸多待举的宏图大业，
竟因此如逝水忽然转向而行，
失掉行动的名分。（《哈姆莱特》第三幕第一场）

麦克白 若做了便是了，则快了便是好。
若暗下毒手却能横超果报，
割人首级却赢得绝世功高，
则一击得手便大功告成，
千了百了，那么此际此宵，
身处时间之海的沙滩、岸畔，
何管它来世风险逍遥。但这种事，
现世永远有裁判的公道：
教人杀戮之策者，必受杀戮之报；
给别人下毒者，自有公平正义之手
让下毒者自食盘中毒肴。（《麦克白》第一幕第七场）

损神，耗精，愧煞了浪子风流，
都只为纵欲眠花卧柳，
阴谋，好杀，赌假咒，坏事做到头；

心毒手狠，野蛮粗暴，背信弃义不知羞。
才尝得云雨乐，转眼意趣休。
舍命追求，一到手，没来由
便厌腻个透。呀恰，恰像是钓钩，
但吞香饵，管教你六神无主不自由。
求时疯狂，得时也疯狂，
曾有，现有，还想有，要玩总玩不够。
适才是甜头，转瞬成苦头。
求欢同枕前，梦破云雨后。
唉，普天下谁不知这般儿歹症候，
却避不得便往这通阴曹的天堂路儿上走！

（十四行诗第一百二十九首）

三、无韵体白话诗译法

无韵体白话诗译法的特点是：虽然不押韵，但是译文有很明显的和谐节奏，措辞畅达，有诗味，明显不是普通的口语。例如：

贡妮芮 父亲，我爱您非语言所能表达；
胜过自己的眼睛、天地、自由；
超乎世上的财富或珍宝；犹如
德貌双全、康强、荣誉的生命。
子女献爱，父亲见爱，至多如此；
这种爱使言语贫乏，谈吐空虚：
超过这一切的比拟——我爱您。（《李尔王》第一幕第一场）

李尔 国王要跟康沃尔说话，慈爱的父亲
要跟他女儿说话，命令、等候他们服侍。

这话通禀他们了吗？我的气血都飙起来了！
火爆？火爆公爵？去告诉那烈性公爵——
不，还是别急：也许他是真不舒服。
人病了，常会疏忽健康时应尽的
责任。身子受折磨，
逼着头脑跟它受苦，
人就不由自主了。我要忍耐，
不再顺着我过度的轻率任性，
把难受病人偶然的发作，错认是
健康人的行为。我的王权废掉算了！
为什么要他坐在这里？这种行为
使我相信公爵夫妇不来见我
是伎俩。把我的仆人放出来。
去跟公爵夫妇讲，我要跟他们说话，
现在就要。叫他们出来听我说，
不然我要在他们房门前打起鼓来，
不让他们好睡。（《李尔王》第二幕第二场）

奥瑟罗 诸位德高望重的大人，
我崇敬无比的主子，
我带走了这位元老的女儿，
这是真的；真的，我和她结了婚，说到底，
这就是我最大的罪状，再也没有什么罪名
可以加到我头上了。我虽然
说话粗鲁，不会花言巧语，
但是七年来我用尽了双臂之力，

直到九个月前，我一直
都在战场上拼死拼活，
所以对于这个世界，我只知道
冲锋向前，不敢退缩落后，
也不会用漂亮的字眼来掩饰
不漂亮的行为。不过，如果诸位愿意耐心听听，
我也可以把我没有化装掩盖的全部过程，
一五一十地摆到诸位面前，接受批判：
我绝没有用过什么迷魂汤药、魔法妖术，
还有什么歪门邪道——反正我得到他的女儿，
全用不着这一套。 （《奥瑟罗》第一幕第三场）

目　录

《麦克白》导言

《麦克白》是莎士比亚篇幅最短、情节发展最快的一部悲剧。其色调可谓黑红相间。它鼓荡起黄昏和午夜，最终让一个蹩脚的演员登场，趾高气扬地在台上徒劳无益地抛出狂怒与喧嚣。他的生命似烛焰忽灭，了无意义。但在整个过程中，我们见证了高昂的激情，无羁的野心，结盟与背盟。麦克白本人之伟岸不在于理性判断而在于暴烈行动。他一旦奉命征战在沙场，必会泰然自若、堪当重任。但若对他晓以言辞，他在开始时容易领会，之后则会犹豫彷徨。他的夫人为此指责他，但具有讽刺意味的是，随着这两人涉足血河愈来愈深，麦克白变得越来越具有明确的目标，麦克白夫人却愈益成为她过去那个自我的影子，备受噩梦的摧残。

在莎士比亚的悲剧中，时代已经脱节，主要人物扮演的角色也与惯常角色大大不同。作为学者的哈姆莱特（Hamlet）乐于接受一个智力性的难题，但对于要他杀人的要求却有些手足无措。相比之下，军人麦克白，却喜欢暴烈行动，但对于静待领赏这类事却总是坐立不安。哈姆莱特能沉思探求上帝的本质，而麦克白却在妻子的鼓动下决定把命运操在自己手中。假设麦克白处在哈姆莱特的位置上，他根本不需要第二次催促就会行动。一听到鬼魂的故事，他会立刻从城垛上下来，把国王克劳迪斯

(Claudius)“从肚脐直达下巴”撕成两半。他的勇气和行动能力是毫无疑问的。

然而，和他乍看上去给人的印象不同，麦克白更像哈姆莱特。他有良知。当他的野心被通灵姐妹的预言激发起来时，他试图将它压制下去(“天星，收敛你的光焰，/ 休叫它照亮我黑色欲望的深潭”)。而当他回到他的城堡，他开始了有关来世生活的独白，和那个丹麦王子一模一样。但是，在哈姆莱特完全独自一人时，他无法向奥菲利娅（Ophelia）吐露自己的秘密，因为葛特露德(Gertrude)已经摧毁了他对所有女性的信任，而麦克白却有一个照料他的妻子。麦克白夫人进屋时，麦克白正要结束他那良心受到折磨时的独白。她干脆利落地挖苦、嘲弄了他一阵（“只要你敢作敢为，就是一个男子汉”)，她改变了他的主意，让他定下心来干那件可怕的壮举。

谋杀国王之后，他良心未泯，因为“睡不了啦”的声音扰攘在他的耳畔。麦克白夫人却既冷静又实际(“一点儿清水就能把你我洗刷干净”)。但随着剧情的发展，作为莎士比亚最精妙的结构变化之一的戏剧逆转发生了。再也睡不着觉的人反倒是麦克白夫人。除了谋杀之夜的情形，她的脑子里一片空白。她再也洗不净那些鲜血（“用完阿拉伯的一切香料也薰不香这双小手啦”)。相比之下，麦克白已然身陷血河，只能继续前行，因为这毕竟比走回头路要容易些。他没有把谋杀班柯和弗里安斯的计划告诉妻子。到第四幕，当麦克白将麦克杜夫无辜的家人屠杀时，麦克白夫人暂时从行动中消失了。到了第五幕，他已决心作最后决战：“来，敲响警钟！刮起风暴！灭就灭吧！ / 至少我是命丧征鞍，身着战袍。”他最后的思想来自于他妻子的启发，带有宿命论的色彩：她一开始就激励他将命运操在自己掌中，而她最终发怒的原因，则是由于麦克白陷于沉思，认为生命毫无意义。

《麦克白》这个剧本描写了寻常之梦如何可以转变为重重噩梦，描写了白昼的城堡似乎是令人惬意的鸟巢，到夜晚却成了地狱的化身（看门人让人感到机智而阴森）。世界可以被完全颠倒：邓肯遇刺之后，次日早晨的太阳也拒绝升起。还有其他种种怪象都被解释为是自然秩序因此遭到毁坏。而与之形成对照的是英格兰宫廷，它被描绘为避风港，一个能赐予恩典与祖传治病仙方的所在。马尔康滞留在英格兰等于是让他有幸获得美德的熏陶。他在英国贤士西华德的支持下征服苏格兰的行为似乎被描绘成是在恢复自然秩序。伯南的移动树林象征着春天与再生。该剧写于詹姆斯一世（James I）执掌苏格兰和英格兰两个王位之后的几年内；麦克杜夫携带暴君之头最后登场，宣布获得自由的时刻已到，表明他希望结束这个民族未来状态的不确定性，而这种不确定性恰好是童贞女王[1]统治的最后几年的特点。

苏格兰詹姆斯六世（James VI of Scotland）于1603年加冕为英格兰詹姆斯一世的几个星期后，莎士比亚的剧团被赐名“国王剧团”（“The King's Men”）。为回报这份荣誉，该剧团理应随时应召入宫演出。相比其他同行剧团，莎士比亚所在的国王剧团有更多机会受命为王室所需的场合演出：在莎士比亚戏剧生涯的最后时期，平均每年有10到20场这样的宫廷演出。《麦克白》一剧非常紧密地契合了新任国王最关心的问题——王室继承权问题、英格兰和苏格兰的关系问题、巫术的现实性问题及君权神圣问题（为了治愈臣民所患瘰疬病，即所谓“国王邪恶病”，詹姆斯恢复了古老的通过接触病人即手到病除的疗法）。詹姆斯从他的祖辈王庭继承了一个代代相传的忧虑——担心叛国罪行和罗马天主教的阴谋。看门人提到的“模棱两可的话”常常被看成是暗指加尼特神父（Father Garnet）在1606年头几个月受审期间的狡猾言辞，该神父是火药爆炸阴

1 童贞女王（the Virgin Queen）：指伊丽莎白女王，她终身未婚。——译者附注

谋策划者之一。

在此期间，究竟有没有巫师这种人物是一个引起激烈争议的话题。国王詹姆斯在他的论文《恶魔论》（*Of Demonology*）中肯定了这种人物的存在。他认为，十有八九，巫师是女性，但她们有变态的男性特征，例如面部多毛；她们和魔鬼串通一气，能驱使形状像猫和蟾蜍的精灵；她们最危险的工作是用魔法摄取人们的影像，然后对这些影像施加魔咒；她们派遣女妖去吸取男性做爱时的精血；她们使动物产生各种疾病。人们可以根据一个女人身上的"巫师标记"来判定该女性是不是已经中魔，因为这个标记在被利器刺穿时也不会流血（当《威尼斯商人》[*The Merchant of Venice*] 中的夏洛克 [Shylock] 说："如果你们用利器刺我们，我们不是也会出血吗？"他的意思是说，犹太人不是像女巫那样拥有魔力）。《麦克白》中的女巫符合上述的大部分特点：她们是有胡须的女性；她们召唤小灰猫和癞蛤蟆，而"我须和他昼夜耳鬓厮磨，/ 吸干他气血令如衰草"、"杀猪"等剧文则会使人联想到女妖和患病的牲畜。

然而，没有一个剧中人物直呼她们为"女巫"。她们总是被称为"通灵姐妹"。"姐妹"前的形容词兼指她们的预言能力和变幻无常，这让人觉得她们处在社会边缘之外的某种不可名状的空间。此外，《麦克白》舞台演出的最早观演记录是西蒙·福曼博士（Dr Simon Forman）观看了 1611 年该剧演出后写下的。他在记录中称她们是"仙人或仙女"。《麦克白》的取材来源是霍林谢德[1]的《苏格兰编年史》（"Chronicle of Scotland"），该书分别称呼她们为"奇异姐妹"、"仙人"和"奇装异服的女人，类似早期世界的人物"。霍林谢德书中的一幅木刻显示出她们脾气相当暴躁，然而衣着优雅，但绝非有胡子的女巫。情况更复杂的是，《麦克白》唯一幸

1 指拉斐尔·霍林谢德（Raphael Holinshed, ?—约 1580），英国编年史学家。——译者附注

存的印刷版本似乎表明，这部剧作不是莎士比亚写出的原本，而可能是由年轻的剧作家托马斯·米德尔顿（Thomas Middleton）为后来的排演而修订过的本子。米德尔顿自己曾写过一出剧，剧名就是《女巫》（*The Witch*）。所以确有可能莎士比亚本来是要把这些女性表现为“通灵姐妹”，或类似于传统先知的预言家，只是到了米德尔顿手里，她们才被转换为十足的女巫，携带有能够导致祸不单行结局的大锅（福尔曼 1611 年观看此剧后的回忆录并没有提到麦克白在第四幕还重新回访她们）。

为什么国王詹姆斯对女巫这么感兴趣？主要的原因是，他的王权思想和善恶宇宙观联系紧密。他热衷于信仰一种观点，即君王是上帝在尘世的代表，是美德的化身，得天独厚地拥有救死扶伤的能力，能使宇宙间的和谐秩序得以恢复。这样的观点必然与认为魔鬼是通过巫术这种黑色代理在人间横行的想法相抵触。莎士比亚的戏剧意象创造了一种国家和宇宙之间普遍联系的感觉：证据就是列诺克斯和罗斯所述邓肯遇刺那天晚上的自然秩序受到破坏的种种迹象。

詹姆斯王权理论的另一个当然结论是：王位继承由上天注定，而不是通过竞争的候选人之间的倾轧或公民投票来强行取得。因此，在霍林谢德的《编年史》中，邓肯在儿子马尔康身上涂油膏使之神圣化而成为坎伯兰亲王的做法在苏格兰历史上是一个转折点，具有极为重大的意义：这是苏格兰长子继承权原则得以确立的关键时刻。麦克白是邓肯的堂弟，在这个时刻，若马尔康未成年，而邓肯先逝，则麦克白有权继承王位。

20 世纪中叶，莎士比亚批评家中有一种倾向，即嘲笑维多利亚时代的学者 A.C. 布拉德利（A.C. Bradley），说他把莎士比亚笔下的人物看得好像是真实人物一样，除了舞台上看到的那个样子，还有过去的经历，有栩栩如生的生活。这种嘲笑的简略说法就是布拉德利那个问题：“麦克白夫人有几个孩子？”但是布拉德利比他的批评者享有更经久的声望：在很大程度上，布拉德利比现实主义小说之花盛开之前的任何作家都吃香。莎士比亚的确使用语言创造了一种错觉，让人觉得他的人物有一种内在生命，让人觉得他的情节中还另有“背后故事”。麦克白的语言离不开儿童意象、再生意象、继承和子孙后代意象。邓肯、班柯和麦克杜夫的儿子们对于整个行动都有至关重要的作用，甚至还有一个生动的跑龙套的角色——英格兰军人西华德的儿子。莎士比亚的其他悲剧没有一部像这部悲剧这样在出场人物表中出现这么多有重要作用的男童角色。只有麦克白没有儿子。因此，他这才震撼地意识到，他手中的权杖是不结子嗣的，他犯下了血腥的暴行，结果只是让班柯的子子孙孙，成为后世君王。

莎士比亚通常不会描绘已婚夫妇像默契搭档那样合作行动。但在麦克白夫妇之间，却有着若干饱含柔情蜜意的特别时刻。不过，他们之间关系的核心有一种空虚感。不育的意象给这个剧本留下伤疤，死婴掠影让它备受折磨。归根结底，权力是爱情的替代品吗？野心勃勃不过是在弥补断子绝孙带来的伤痛吗？当麦克白夫人提到喂奶并说她理解对于吃过自己奶的婴儿的爱是何等深沉时，我们可以推断，她说的应该是真话。对此我们只能假设，麦克白夫妇曾有过一个孩子，但他们失去了这个孩子。也许这就是他们会把婚姻生活的精力转化为权力欲望的原因。

莎士比亚是所有伟大作家中最少具有自传性特点的作家，但请注意，莎士比亚正是在写作此剧的十年前失去了一个孩子，即他的独生子哈姆内特（Hamnet）。从那时以后的若干年月，他不是把他的全部创造力投射到他的家人身上，而是转换到他的工作中，转换到他的剧团中，转换到那些令他心醉神迷的盛大场合。在这样的场合，莎士比亚发现自己——一个未受过大学教育的外乡小学生——居然亲睹英格兰和苏格兰国王率领全体朝臣全神贯注地倾听由他创作的戏文在皇家宫廷宴会大厅的舞台上演。这些情况能够完全看作是一种巧合吗？

参考资料

作者：本剧的主体部分由莎士比亚编写，这一点是没有疑问的，但剧本的印刷文本很可能经过某种程度的戏剧性修订，而修订者可能是托马斯·米德尔顿。尤其是涉及赫卡忒的场景，似乎是米德尔顿增补的内容。

剧情：苏格兰国王邓肯手下的两位将领麦克白和班柯刚从战场上凯旋而归，途中三位女巫——或曰三位“通灵姐妹”——向他们欢呼致意，她们预言麦克白将成为考多尔爵士和苏格兰国王，而班柯的后人将子子孙孙成为国王。该预言的第一部分很快应验，因为邓肯嘉奖了麦克白为王室立下的战功。麦克白夫人受此鼓舞，并趁丈夫麦克白野心正盛之际，说服他谋杀了到他们城堡来做客的邓肯。邓肯的儿子马尔康和道纳本逃亡到英格兰求生。[1]麦克白做了国王，他为确保自己的地位而杀害了班柯。但班柯的鬼魂在一个宴会上出现在麦克白面前。麦克白再次访问三女巫。她们警告他提防逃到英格兰的贵族麦克杜夫，但同时向他保证，任何由女人生出的人都伤害不了麦克白。麦克白下令谋杀了麦克杜夫的妻子和孩子。在英格兰，马尔康考验了麦克杜夫的忠诚，他们于是起兵讨伐麦克白。但麦克白有女巫的预言作为精神武器，相信自己战无不胜。当他的敌人日益迫近时，他忽然得知他的妻子已死。他和麦克杜夫在战场上相遇，但是当他得知麦克杜夫不是生出而是剖腹产出的时候，他意识到他必须面对死亡。马尔康于是加冕为苏格兰国王。

主要角色：（列有台词行数百分比/台词段数/上场次数）麦克白

1 此处原文叙述似有误。根据剧本文本内容判断，道纳本是逃到了爱尔兰。——译者附注

(29%/146/15)，麦克白夫人（11%/59/9），马尔康（9%/40/8），麦克杜夫（7%/59/7），罗斯（6%/39/7），班柯（5%/33/7），女巫甲（3%/23/4），列诺克斯（3%/21/6），邓肯（3%/18/3），女巫乙（2%/15/3），女巫丙(2%/13/3)，看门人（2%/4/1），麦克杜夫夫人（2%/19/1），苏格兰医生(2%/19/2)。

语体风格：诗体约占 95%，散体约占 5%。

创作年代：1606 年？从对詹姆斯国王的几处恭维话来看，时期当然是詹姆斯一世时期，而不是伊丽莎白女王时期。本剧 1611 年 4 月在环球剧场上演，也许 1616 年 8 月或 12 月还在宫廷上演过。从“模棱两可的话”及其他的相关影射来看，此剧应创作于火药阴谋案审判后不久（1606 年 1 月至 3 月）。第一幕第三场提到“猛虎”号船，该船 1604 年驶往东方，经历了 1606 年夏天的一个可怕航程后返回。

取材来源：题材基本取自拉斐尔·霍林谢德的《英格兰、苏格兰和爱尔兰编年史》（*Chronicles of England, Scotland and Ireland*）1587 年版第二卷《苏格兰编年史》中有关邓肯和麦克白王朝的叙述，有些材料出自《苏格兰编年史》中其他篇章。剧本显示出斯图亚特王朝有意识地宣扬其班柯血统。有些意象是受到塞内加（Seneca）悲剧语言的影响。赫卡忒场景融合了托马斯·米德尔顿的剧本《女巫》中的材料。

文本：1623 年第一对开本是唯一的早期印刷文本。其行文的简洁暗示可能由于戏剧演出需要而有过删节。印刷质量颇佳，尽管在分行方面问题严重。

乔纳森·贝特（Jonathan Bate）

麦克白

邓肯，苏格兰国王

马尔康、**道纳本**，邓肯之子

军曹，邓肯手下军官

麦克白，葛莱密斯爵士，后来成为考多尔爵士，最后成为苏格兰国王

麦克白夫人

看门人，麦克白城堡看门人

西顿，麦克白侍从官

（苏格兰）**医生**

麦克白夫人侍女

三刺客

班柯，贵族

弗里安斯，班柯之子

麦克杜夫，法夫的贵族

麦克杜夫夫人

麦克杜夫之子

列诺克斯、**罗斯**、**安古斯**、**凯斯尼斯**、**孟提斯**，贵族

老人

西华德，诺森伯兰伯爵

小西华德，西华德之子

英格兰宫廷**医生**

三女巫，即通灵姐妹

赫卡忒，女魔头

大臣、贵族、侍从、仆人、火把手、兵士、鼓手各数人，信差，幽灵（包括戴头盔幽灵、血淋淋小儿、戴王冠小儿及现身的八位国王装束者）

第一幕

第一场　／　第一景

旷野

雷鸣电闪。三女巫上

女巫甲　何时我等再相逢？
闪电雷鸣急雨中？

女巫乙　待到硝烟烽火静，
沙场成败见雌雄。

女巫丙　残阳犹挂在西空。

女巫甲　地点何在？

女巫乙　荒郊野垄。

女巫丙　欲会者，麦克白。

女巫甲　我来也，小灰猫。

女巫乙　癞蛤蟆，在呼招。

女巫丙　顷刻就到！

三女巫　美即丑，丑即美，[1]
妖氛毒雾任穿飞。　众人下

1　美即丑，丑即美（Fair is foul, and foul is fair）亦可译作“善即恶，恶即善”，或“洁净即脏污，脏污即洁净”、“明即暗，暗即明”。——译者附注

第二场 / 第二景

苏格兰野外（具体地点不详）

幕内警号。国王邓肯、马尔康、道纳本、列诺克斯及众侍从上，迎面遇见一流血的军曹

邓肯 流血者何人？其情状
似正可告知我们
叛军最新情况。

马尔康 正是这军曹
奋命苦斗，才免我
沦落敌手。——（对军曹）嗨，勇士，朋友，
你既已脱身沙场
不妨将战况禀告王上。

军曹 战局尚混沌难辨；
仿佛两个游泳者扭成一团，
疲乏而难将招数施展。残暴的麦克唐沃得——
货真价实的叛贼，人类天性中繁衍的邪念
全都鼓荡在他胸间——叵耐命运如同娼妓
向这叛贼调情，竟使这厮能遣将调兵
从西部各岛[1]招来铁马轻骑。
只可惜大势已去，只因
神勇的麦克白不负其英名——
傲视命运，亮剑挥处，

1 指苏格兰西部的赫布里底群岛（the Hebrides），也可能包括爱尔兰。

血流如注，招招致命，
如同威猛的煞星，
竟然杀开一条血路，
不施礼，不搭话，
径扑到贼人面前，只一剑，
便挑破叛贼肚脐直达下巴，
并随即将其枭首在城畔。

邓肯 啊，堂弟英雄！真乃大丈夫！

军曹 就正如骄阳正洒出和煦氤氲，
忽来了摧樯折楫的风暴雷霆；
我们正庆幸似有转机倏现，
却不料灾祸横生。瞧，苏格兰王，请听：
正当我们以凛然正义
威逼敌军落荒而逃，
那挪威国王却抢得先机，
重整旗鼓，以一标生力军
突然发起新的攻击。

邓肯 那咱们的将士麦克白和班柯该不会垂头丧气？

军曹 不会！除非鸟雀能吓走鹰隼，野兔能唬退雄狮。
说真的，我得向陛下如实禀报，
他二人就像巨炮填满了双倍的弹药，
以双倍的雄威直泻敌群，
似乎锐意要以淋血的伤口，
使此地垂芳百世，遍野尸横。[1]

1 使此地垂芳百世，遍野尸横（Or memorize another Golgotha）：原文指“使这里成为满地骷髅、如同各各他那么著名的地方”。据《圣经・新约・马太福音》第 27 章第 33 节记载，各各他（Golgotha）即“骷髅山”，乃基督被钉死之地，位于耶路撒冷附近。此处代指尸骨遍野的墓场。——译者附注我说不清。
不行了，我必须要治治我的伤。

邓肯 你的话和你的伤口一样
都显示出军人的荣光。——去，给他找个军医。

侍从扶军曹下

罗斯与安古斯上

谁来啦？

马尔康 罗斯爵士大人。

列诺克斯 瞧他的眼神多么吃惊！
好像是要吐露奇怪的事情。

罗斯 上帝保佑王上！

邓肯 爵士大人从何而来？

罗斯 臣下从法夫[1]来，陛下。
挪威的战旗在那儿凌空飘荡，
真让我们的臣民寒透了胸膛。
挪威王亲率蚁涌蜂攒的人马，
又有奸恶的叛贼考多尔爵士相帮，
于是，一场恶战降临。
亏得战神的如意郎君[2]
麦克白披坚执锐与之针锋相对，
刀来剑往毫不留情，才挫败其凶焰；
一句话：我方获胜——

邓肯 何其侥幸！

1 法夫（Fife）：苏格兰东海岸一地区。

2 战神的如意郎君（Bellona's bridegroom）：原文直译是"白龙娜的新郎"。白龙娜是罗马女战神。此处指麦克白。——译者附注

罗斯 于是那挪威王史威诺
如今不得不屈尊言和；
除非他在圣科尔姆岛[1]上缴纳
充公的万两赎金，否则将士虽殒命
将永不获掩埋的安宁。
邓肯 那考多尔爵士将不复窃取
朝廷厚恩。即刻传旨将他处死；
其原有的爵位赐赠麦克白将军。
罗斯 臣遵旨即刻办理。
邓肯 良臣麦克白所得，即考多尔所失。 众人下

第三场 / 第三景

荒原
雷声。三女巫上
女巫甲 妹妹，你刚才在何处？
女巫乙 我在杀猪。
女巫丙 姊姊，你又在何处？
女巫甲 我观食栗的海员妇，
咬嚼不止似反刍；

1 圣科尔姆岛（Saint Colme's inch）：即 Inchcolm，苏格兰福斯湾（苏格兰东海岸福斯河入海口）中一岛。

我说："给我"；这荡妇
骂我："滚！女巫！"
到阿勒颇[1]去的是猛虎号船，
船长是她丈夫，待我驾筛追逐，
扮作无尾的大老鼠。
诱他乐，共床褥！[2]

女巫乙 助姊一阵风。

女巫甲 谢妹赐神通。

女巫丙 我也添风暴。

女巫甲 力借八方，我驾长飙，
吹得他入港路儿遥，[3]
便纵有航向[4]几多种
只徒然海图上虚标！
我须和他昼夜耳鬓厮磨，
吸干他气血令如衰草，[5]
休让他眼皮儿合上一遭。
他命中注定该受罪，
销魂日月割如刀，
精枯力竭，骨立形销。

1 阿勒颇（Aleppo）：叙利亚北部一贸易城市。

2 诱他乐，共床褥！（I'll do, I'll do and I'll do.）：do 意指"行动 / 做爱"（据说女巫们常常引诱男性受害者）。

3 吹得他入港路儿遥（And the very ports they blow）：风从岸上来，可使海船无法靠岸。

4 航向（quarters）：quarters 指各种航行方向 / 罗盘指针方向，意指女巫借风力阻挠海船顺利驶达目的地。

5 吸干他气血令如衰草（I'll drain him dry as hay）：drain 指使筋疲力尽 / 使因性生活而气血枯干。hay 指干草。梁实秋先生译作"稻草"，不确。英国基本上不产水稻。但大量种草。——译者附注

空有未覆船帆在，
动辄风雨乱飘摇。
嗨，看我这里有什么？

女巫乙 给我瞧瞧，给我瞧瞧。

女巫甲 此乃舵工大拇指，
孤帆沉海人归西。（幕内鼓声）

女巫丙 鼓声响！鼓声叫！
麦克白来到。

三女巫 （结环起舞）通灵姐妹手携手，
沧海陆地随意走，
回环往复许多遍，
你三转，我三转，
三三九转联成串。
嘘！魔法炼成大满贯。

麦克白与班柯上

麦克白 如此天气从未见，又阴沉，又灿烂。

班柯 弗瑞斯[1]离此有多远？何人在眼前？
形容如此枯槁，穿着如此怪诞，
虽貌非此界生灵，何以身在世间？
（对三女巫）尔等是否活人？可否容我盘问？
诸位闻声，即以枯指按住薄唇，
似证明你等能听懂我的语音。
尔等看来该是女人，可你们
脸上的胡须，又让我
不敢这样相信。

1 弗瑞斯（Forres）：苏格兰东北部城镇，在因弗内斯（Inverness）东面。

麦克白 能说就快说；你们究竟是何人？

女巫甲 万福，麦克白，恭喜您这葛莱密斯爵士！

女巫乙 万福，麦克白，恭喜您这考多尔爵士！

女巫丙 万福，麦克白，恭喜您这未来的君王！

班柯 将军，欣闻这样如意的消息
您为何反倒恐惧惊疑？——（对三女巫）实话实讲！
你们现在的样子是你们的本相
或仅是幻象？你们恭贺我高贵的同僚，
预言他跻身高位且有荣登至尊之望，
这使他似乎动魄惊魂，
而你们对我却无片语相赠。
若尔等真能洞悉时间的种子，
知道哪一粒会发芽，哪一粒不会，
那就对我直言，我既不求你们以恩相惠，
也不怕你们以恶意相亏。

女巫甲 恭喜！

女巫乙 恭喜！

女巫丙 恭喜！

女巫甲 比麦克白低微，却比他更英伟。

女巫乙 不如麦克白有福，却会比他更有福。

女巫丙 虽不是君王，却会繁衍出代代君王。
恭喜你们二位，麦克白和班柯！

女巫甲 班柯和麦克白，恭喜你们全体！

麦克白 且住，你们的话闪烁其词，望说得更仔细：
西纳尔一死，我知道我成了葛莱密斯爵士。
可我怎么会是考多尔爵士？考多尔爵士
还活着，活得春风得意。说我将成为君王，

就像说我是考多尔爵士一样无半点可信迹象。
你们这些怪诞的消息来自何方？
为什么在这野垄荒郊你们阻断我们的归程，
给我们这些预言和祝贺？
说！我命令你们。　　三女巫隐

班柯　水中有泡影，地上也就有泡影，
她们也是泡影。她们何处隐身？

麦克白　在空中消失；本似有实实在在的形体，
却化清气随风而去。真愿其多留片时。

班柯　我们谈论的这些东西刚才真在这儿吗？
我们是不是吃了迷魂的草根，
于是神志不再清醒？

麦克白　你的子孙将成为未来的君王。

班柯　你自己将成为君王。

麦克白　还要当考多尔爵士。是这话吧？

班柯　她们真这样说的。谁在这儿？

罗斯与安古斯上

罗斯　麦克白，王上获将军捷报
非常欣喜。他一一阅悉
将军奋身击杀叛贼的功绩，
惊喜与赞赏交集心中，
反使他激动得默然无语。
他还晓悉，在同一天里
你又现身于森严的挪威阵地，
留下惨目横尸，而您面上
毫无怯意。捷报频传，报信人
如冰雹骤至，无不赞扬您

勤王卫国的丰功，王上的耳鼓
欣闻对您的颂声泉涌如注。

安古斯 我们此来只是
奉旨传达王上的谢意，
并宣将军面见君王，
而非论功行赏。

罗斯 为确保您获得更大尊荣，
王上命我称您考多尔爵士。
我现在为这尊称向您致贺，
最尊贵的爵士！这称号属于您。

班柯 什么！魔鬼还能说出真实？

麦克白 考多尔爵士还安然无恙，
为何却让我借穿他的衣装？

安古斯 这位爵士确实还健在人间，
可是他被控犯有重罪，
按律行将被处斩。
他也许曾和挪威人串通一气，
也许和叛贼暗中狼狈为奸，
也许为了乱邦乱国，两罪同犯，
对此，我尚不知底细；不过，
他自己也已经供认，大罪弥天，
罪证昭然，他，已彻底完蛋。

麦克白 （旁白）葛莱密斯和考多尔爵士！
最大的荣耀还在后边。
——（对罗斯和安古斯）二位辛苦啦。——
（旁白。对班柯）难道你不盼你的子孙有君王之份？
预言我将成为考多尔爵士的人

不也许诺你的子孙更大的名分?

班柯 （旁白。对麦克白）对这种预言你如果完全轻信，
恐怕除了考多尔爵士称号，
你还难免滋生窃窥神器的野心。
说来也怪，妖孽们为了加害我们，
也常常对我们吐露真情，
使我们深信其鸡毛蒜皮的印证，
最终却落得大祸降临——
（对一旁交谈的罗斯和安古斯）两位仁兄，烦请借一步说话。

麦克白 （旁白）已经有两句预言应验啦，
就像是好运才开张，接下来
该轮到帝王粉墨登场。——
（对罗斯和安古斯）有劳二位了。——
（旁白）这天启神授般的谶语
绝非出于恶心，也非出于善意。
若是恶心，为何首谶成真，确保我
赢得功名?我已是考多尔爵士。
若是善意，为何我一倾心那诱惑，
便不禁毛发挺立，似有凶恶的幻影
使我原本平静的心灵一反常态，
在我胸中激荡翻腾?现实中的恐怖
远不如想象中的恐怖更令人揪心。
头脑中的谋杀念头，虽只是倏然一闪，
竟让我整个的身心战战兢兢，
胡思乱想瘫痪我惯常行动的功能，
眼前唯余幻觉，别无一真。

班柯 瞧，我这伙伴已经想入非非。

麦克白 （旁白）如果我命定是天子，不劳我操心，
机缘必使我登上王庭。

班柯 新的荣耀加在他的头顶，
如同新衣初试，若非穿戴多时，
自然还不贴身。

麦克白 （旁白）该发生的事就让它发生个够，
最艰难的时日也必定有个尽头。

班柯 麦克白大人，我们正恭候尊台。

麦克白 哦，务请诸位谅鉴，
我这笨头脑里突然往事盘旋。
承蒙二位大人辛劳顾眷，
我岂敢一日忘恩，早已牢记心坎。
好，我们去觐见君王。——
（旁白。对班柯）刚才发生的事，得好好想想，
咱们不妨有空时就掂量掂量，
然后再推心置腹各诉衷肠。

班柯 悉听尊便。

麦克白 今日恕不多言。——走吧，诸位贤朋。 众人下

第四场 / 第四景

苏格兰（具体地点不详）

喇叭奏花腔。国王邓肯、列诺克斯、马尔康、道纳本及众侍从上

邓肯 考多尔明正典刑一事是否成办？
监斩人员是否回还？

马尔康 回陛下，
行刑官尚未回宫。但已有人目睹
考多尔死况，臣据其所述，
知考多尔坦承其叛国罪行，
他痛悔再三，唯求陛下宽恕。
此公毕生行事从未如其临刑时
这样得体；他引颈就戮，
似已谙熟殒身之道，竟然
将其最宝贵的东西
弃之犹如敝屣。

邓肯 叹人间尚无绝技
可据以从脸上参透人的心思；
曾几何时，他也是堂堂君子，
我对之竟深信不疑。——

麦克白、班柯、罗斯与安古斯上

啊，最尊贵的贤弟！
你劳苦功高，我无以为报，
不禁愧疚于心。最迅速的酬劳，
都赶不上你插翅飞传的捷音。

唯愿你烜赫的战绩光辉稍减，
我赐赠的酬谢方能勉强相称！
我只能说，倾王室一切相赠，
都难偿你个人的盖世功勋。

麦克白 有幸尽责于陛下，即臣下莫大恩宠；
身在帝王之位，就须接受臣下效忠；
对国家对朝廷，为臣者犹如人子，
亦如奴仆，当各尽所能。
为了圣上的仁爱与荣誉，
我等匹夫理应恪尽天职。

邓肯 欢迎凯旋而归。
朕既已将你栽培，必给你更多
枝繁叶茂的机会。——班柯贤卿，
你也同样战功卓绝，朕必有褒奖，
免使你令名不彰。朕要拥抱你，（拥抱班柯）
紧搂在我胸膛。

班柯 臣借这胸襟生长，为陛下开满树奇芳。

邓肯 真令我欣喜若狂，
流溢四播的欢乐，欲盖弥彰，
竟换作热泪涕零。——王儿、王亲、
各位大人，以及所有的亲信，须知
本朝王位继承人当为长子马尔康，
他将从此被册封为坎伯兰亲王。
这荣耀并非是孤封独赏，
其恩惠将似繁星四照，
有勋者皆得沾光。
——（对麦克白）贤卿，还得再欠你一个人情，我们要去因弗内斯做你的座上宾。[1]

麦克白 不为陛下效劳，片刻闲暇难熬。
让我权做钦差，先向妻子传告，
只报皇上驾临，让她喜上眉梢。
恕微臣就此告退。

邓肯 考多尔啊，高贵！

麦克白 （旁白）坎伯兰亲王！一道雄关，
横亘在我路上，我要么跌倒其畔，
要么越关而前。天星，收敛你的光焰，
休叫它照亮我黑色欲望的深潭。
眼睛，别看这手；要干就干吧！
尽管干下的事情，眼儿害怕看见。 下

邓肯 真的，班柯贤卿，他真是勇冠三军，
有口皆碑的赞扬像筵席般丰盛，
我已经开怀品尝。我们追他去；
他做迎客准备去了，多么体贴殷勤，
真是出类拔萃的国戚王亲。

喇叭奏花腔。众人下

1 因弗内斯：位于苏格兰北部的镇子，麦克白当时的官邸所在地。国王邓肯亲往造访，以示对麦克白的恩宠。

第五场 / 第五景

位于因弗内斯的麦克白城堡

麦克白夫人持信独上

麦克白夫人 （读信）“恰值为夫凯旋之日，与三女巫不期而遇；据可靠传言，此辈洞鉴幽玄，绝非凡胎肉体。其时为夫心急如焚，欲求深问，不料三人竟化作清风，凭空而逝。为夫惊诧莫名、呆立不语，而王使骤至，均尊呼我为‘考多尔爵士’。此称谓实乃女巫先此赠我之语。该三女巫且预祝为夫未来福祉，竟称‘万福，未来之君王！’如此吉事，吾思欲先告吾妻——为夫有大志，知我者贤妻也——岂可令妻错失与闻行将大富大贵之喜讯。谨望留心此事。再见。”
才是葛莱密斯，又成考多尔爵士，
还别有高位，暗中期许。
为妻却为你担忧天性。
你天性仁慈，软若乳汁，
行事必迂缓迟疑；
你欲成伟郎，志雄气壮，
却偏缺毒辣的心肠；
你抱负高远，却居然要凭正当手段；
你不愿欺诈，却又想非分成为赢家。
葛莱密斯大人，你所要的东西在喊：
假如你真想干，“你就得这样干！”
你不是不想干，你只是不敢干。
快，到我身旁，让我把精神的浓浆

灌入你的耳鼓；让我逞辩舌的雄威
破除一切路障，助你夺得那王冠，
既然命运和神灵似对你寄寓厚望！

信差上

有什么新情况？

信差 王上今晚驾临此庄。

麦克白夫人 简直胡言乱语！
岂不知王上和你主人正待在王家？
真有此事，主人必通报准备迎驾。

信差 回夫人，此话当真；爵爷已踏上归程。
我的同伴抢先一步，累得半死，
才气喘喘传回这音讯。

麦克白夫人 好好照顾传信人。
他的消息非常重大。 信差下
邓肯居然要闯进我这夺命城堡之门，
如此凶讯，这报讯的乌鸦，理应
嘎哑了嗓音。来吧，恶煞凶神，
且怀嗜血的杀心，去除我阴柔的女性，
快让我从头到脚灌注上狠毒的残忍，
快让我热血冷凝；快堵死怜悯的通道，
免使天良偶现撼动我痛下杀手的决心；
别，别让我在目的与后果间犹豫彷徨！
来吧，谋杀的帮凶，来吸吮我这女性乳浆，
好更加胆大妄为[1]，你们无形的躯体

1 原文中的 gall 各家注本及译文均理解为苦胆、胆汁，译者以为，从上下文看，莎士比亚不是使用 gall 的本义，而是其引申义。gall 的引申义有“仇恨”、“胆大妄为”、“粗鲁”等含义。——译者附注无处不在，时刻期待着把恶行彰扬；
来吧，沉沉黑夜，如地狱暗雾横流，
罩上最黑之袍，免使利刃割裂之伤口
映不进利刃的明眸，
免使苍天窥透黑幕
而高叫："住手，住手！"

麦克白上

尊贵的考多尔爵士！伟大的葛莱密斯！
还有凌越二者的万福之尊尾随其后！
这些信件让我参透迷蒙难辨的现在，
我甚至在当下
就触摸到了未来。[1]

麦克白 我最亲爱的夫人，
邓肯今夜将来本府巡幸。

麦克白夫人 何时回归？

麦克白 他打算明日再返回。

麦克白夫人 嗨！明天，
明天还休想见得着天！
夫君大人，你的脸活像一本书，
什么怪事都写得一清二楚。
欺世者须得与世同俦：你的眼睛、
利舌和双手，须像无邪的鲜花，
表面殷勤好客，花芯里却藏着蛇头。
对这不速之客，必须得好好应酬。

1 据《阿登版莎士比亚》(*The Arden Shakespeare*，后文简称《阿登版》)，原文 and I feel now 中的 feel 和 now 之间或缺 even，今据上下文意补入"甚至"。——译者附注

且让为妻来调度今晚这番伟业吧，
它将让我们独揽大权，王冠在手，
从今后我俩日日夜夜、永世无忧。

麦克白 此事可稍缓细论。

麦克白夫人 你须得脸上从容镇定，
变色的面容最招惹疑心。
大小事宜，由我搞定。 同下

第六场 / 第六景

麦克白城堡外

奏双簧管，掌起火把。国王邓肯、马尔康、道纳本、班柯、列诺克斯、麦克杜夫、罗斯、安古斯及众侍从上

邓肯 这城堡真占得先天地利：
气流清和，馨香自许，
直叫人心荡神迷。

班柯 有夏天的常客，
那惯住庙堂的燕子，将温馨的窝房
营构在此，自证明诱人的天香，
必生此地：纵无凸檐、饰壁、
有利角落与拱柱的支撑，这燕子
却挂哺雏的摇篮作悬巢于此。
据我看，凡燕子出没、繁殖之邦，

必有惠风和畅。

麦克白夫人上

邓肯 看，我们尊贵的女主人正在恭候。——
繁文缛节之爱有时徒为添乱加忧，
而我们却不得不谢而领受。朕言下用心，
实望尔等求上帝因尔等殷勤而赐朕深恩；[1]
尔等操劳伺奉朕，却反倒对朕感激涕零。

麦克白夫人 臣下的一切犬马之劳，
即使加倍，再翻番，也只是
不足挂齿的区区小事，
与圣上光临寒舍的厚泽
万难相比并提，
过去和近日臣下都曾蒙陛下隆恩，
臣等自当为您祈福以表愚诚。

邓肯 考多尔爵士何在？
我等策马追踪，本欲先期而至，
以接爵士风尘；孰料爵士骑术精深，
更有犀利如同马刺般的赤诚，反倒
捷足先登。美丽、高贵之主妇，
今夜，朕将为您座上宾。

麦克白夫人 臣仆谨遵圣意，
凡臣之家眷、臣本身及臣之所有财产，

1 原文 Herein I teach you / How you shall bid God yield us for your pains 意为：By saying this I am encouraging you to ask God to reward me for your efforts. 我这样说是在鼓励你们要求上帝因为你们付出的努力而奖赏我（国王是以一种自我贬损的轻松语调说出这句话的）。

原本长属陛下，[1]陛下可随时清点，
臣等当如数奉还。

邓肯 敢借贤卿之手，
引我面见男主人。朕对之宠爱甚深，
并愿一如既往赐以恩惠。
多承允准，女主人。 众人下

第七场 / 第七景

麦克白城堡内

奏双簧管，掌起火把。一司膳及仆人若干执菜肴和餐具自台前经过。麦克白上

麦克白 若做了便是了，则快了便是好。
若暗下毒手却能横超果报[2]，
割人首级却赢得绝世功高，
则一击得手便大功告成，
千了百了，那么此际此宵，
身处时间之海的沙滩、岸畔，

1 原本长属陛下：原文为 in compt，皇家莎士比亚剧团（the Royal Shakespeare Company）版《莎士比亚全集》（后文简称《皇家版》）中此处的注释为 held in trust (from the king)：（暂为王上）托管。麦克白夫人的意思是：他们一家的全部身家财产本来都属于王上，现在只是王上托他们照管而已。——译者附注

2 横超果报：逃过生前的报应或死后下地狱的惩罚。东方宗教里亦有横超三界、横超生死的说法。可参阅。——译者附注

何管它来世风险逍遥。但这种事，
现世永远有裁判的公道：
教人杀戮之策者，必受杀戮之报；
给别人下毒者，自有公平正义之手
让下毒者自食盘中毒肴。
王上到这里有双重安全保障：其一，
我既是他的亲戚又是他的臣僚，
这两个因素都不许我对他擅自动刀。
其二，身为主人，我理应重门紧闭，
严防凶手，却怎好自己操刀行刺？
何况这位邓肯天性宽厚，治国清明，
其美德将像众天使齐吹响
嘹亮号角，怒谴这弑君的罪行；
而恻隐之心，将像裸体的初生幼婴
驾驭着风暴雷霆，
或像小天使骑着无形的空中风马，
将这可怖的暴行
彰显于每一只眼睛，
致使泪雨倾盆而浇灭悲风。我空有
意图之马，却无马刺励马飞奔，
唯存野心膨胀，本欲腾跃马背之上，
却用力过猛而跌落马鞍之旁。——

麦克白夫人上

有消息吗？情况怎样？

麦克白夫人 他快吃完了。你为何离开大厅？

麦克白 王上问起我了？

麦克白夫人 你真不知他问起过你吗？

麦克白 我看此事咱们最好打消。
不久前他曾赐我爵位荣耀；
我已赢得各界人士交口称颂，
声誉鹊起，这荣誉的崭新锦袍，
似不便如此轻抛。

麦克白夫人 一袭锦袍竟使你曾有的壮志
沦为酒后醉汉？沉入梦乡？
今朝酒醒，忆及昨宵的放浪，
不禁容颜煞白、神色仓皇？
从今后，我想，你对我的爱情，
恐怕也是同样。难道你害怕
让行动和胆量吻合你胸中所想？
你既要那件人生的最高装饰，
又甘如懦夫一样活着，正像
谚语中可怜的猫，让“不敢、不敢”
紧随着“我想、我想”。[1]

麦克白 别说了，夫人。凡男子汉敢作敢为
我就敢为；论胆量，
普天下舍我其谁？

麦克白夫人 是何等霸悍之气，当初
令你向我披露这大略雄图？
只要你敢作敢为，就是一个男子汉；
若你霸气超前，你就是堂堂大丈夫。
曾几何时，天时地利两相犯，
你倒是披荆斩棘不畏难；

1 那条谚语是：The cat would eat fish but she will not wet her feet.（猫想吃鱼虾，又怕湿脚丫。）

到而今时间、地点都相合，
你却踟蹰不敢前。我也曾做过人母，
深知对奶过的婴儿有何等深沉的情愫；
可我若曾像你一样当初把誓言发下，
那我现在即可冲着向我微笑的奶娃，
将乳头拔出他无牙的小嘴，
砸碎其脑瓜。

麦克白 假如我们失败了呢？

麦克白夫人 我们失败？
只要你把勇气的弓弦持续拉足，
我们就会成功。邓肯一旦睡熟——
他会入睡，因为他
白日赶路辛苦——
我会用酒灌醉他的两名贴身保镖，
让他们头脑失控，记忆模糊，
如烟似雾；让其理智的容器
变成酒精蒸馏器；让其烂醉如泥，
睡得像死猪。对毫无防范的邓肯
你我岂不是可将其随意摆布？
我们犯下的命案岂非
可推罪于两名武夫，
说他们酗酒过度？

麦克白 产出一堆男孩吧！
你豪横雄健的气质只合符
生产男子汉。可如果我们
在他自己的房间使用两个
熟睡侍卫的匕首，并血染二人，

人们可相信是他们的罪证？

麦克白夫人 邓肯一旦横死，
咱就呼天抢地，痛不欲生，
看谁敢不相信？

麦克白 我主意已定，为这可怕大业的完成，
我将奋力鼓动起我这全副身心，
用最完美的表演把世人欺骗，
虚伪的容貌掩盖起邪恶的心灵。 同下

第二幕

第一场 / 第八景

麦克白城堡（大概是城堡中的露天庭院）

一火把手前导，班柯与弗里安斯上

班柯 现在是晚上什么时候了，孩子？

弗里安斯 月亮下去了，但我没有听见钟声。

班柯 月落是在十二点。

弗里安斯 我觉得还要晚一点，父亲。

班柯 等等，拿着我的剑。（递过他的剑）天道也尚俭，
满天灯烛全灭完。[1] 这里还有一件。（递过披风？或钻石？）
一身困倦，沉沉睡意重似铅，
偏不愿梦里安然。愿众神慈悲，
切莫让该死的纷纷杂念
潜入我的睡眠！[2]

麦克白带一执火把仆人上

班柯 给我剑。谁在那边？（接过剑）

麦克白 一个朋友。

班柯 啊，大人，还没睡？王上已就寝。
他今日真是异乎寻常地开心，
给了府上大小仆从好多赏赐。

1 满天灯烛全灭完（Their candles are all out）：指满天繁星已经隐匿不见。

2 据《阿登版》注，此时班柯可能还在受三女巫的预言干扰。故有“纷纷杂念”。——译者附注

他将这钻石特地赐给尊夫人，（呈递一颗钻石）
说她这主妇有世上少有的殷勤，
他就寝前真是满意万分。[1]

麦克白 准备太仓促，
敝处款待难免诸多疵瑕，
惜未能如愿隆重接驾。

班柯 诸事顺畅。
昨夜那三位女巫又入我梦乡；
她们给您的预言还真有点名堂。

麦克白 我倒没把她们放在心上。
不过，咱们若能有点闲暇时光，
就此事聊聊，倒也不妨，
假如能得您赏脸的侈望。

班柯 悉听尊便。

麦克白 如果你与我协力同心，
到时候你自有荣誉加身。

班柯 若能问心无愧、
清白忠贞，求得荣誉
而不让品德受损，
我愿恭听高明。

麦克白 请先歇息去吧！

班柯 谢大人，您也该歇息啦！ 班柯与弗里安斯及火把手下

麦克白 去告诉夫人，若酒已备好，
请拉一下铃。你也去睡吧。—— 仆人下

1 就寝前：原文为 shut up。据《皇家版》注，此短语有三义：1）最后说；2）就寝前；3）沉浸于。此处译文取第二义。——译者附注

这可是一柄尖刀在我眼前晃动？
朝着我的可是刀柄而非刀锋？好，抓住！
抓不住你，但我能目睹你的清容。
你这致命的幻象，可见而不可触吗？
你或许只是一把匕首深藏在我心胸，
你这虚幻之物，或源于我发热的头颅？
然而，我确实看见你，你形状分明，
就像我手中拽着的这把利刃。（拔出他的匕首）
你引导我于本要奔赴的途中，
而这工具，正行将为我所用。
若非其他感官愚弄了我的眼睛，
那它就比别的感官更可靠贵重。
我还看得见你，你的刀把、刀锋
有滴滴鲜血淋漓，此前未有之状。
其实哪有这匕首，是血腥的勾当
在我眼前幻化出这番景象。
现在，半个世界的营营众生
似乎都已殒命，邪恶之梦魇
侵扰了帷幕笼罩的睡眠。
女巫魔法正向惨白的赫卡忒[1]祭献；
瘦骨嶙峋的杀人凶手，听到替他放哨、
巡行的恶狼一声嗥叫，便盗贼似的悄悄
迈着塔奎因[2]式的淫荡步伐，扑向其目标，

1 惨白的赫卡忒（pale Hecate）：赫卡忒是古希腊司巫术和黑夜的神祇，与月亮相关，因此有“惨白”一说。

2 塔奎因（Tarquin）：亦译作塔昆。塔奎因是曾强奸鲁克丽丝（Lucrece）的罗马人，本为王子，其行为导致罗马帝国被推翻。

动如鬼魂。——啊，沉稳、坚实的地表，
莫听到我的脚步走向何方；我怕
你的石头会暴露我的行踪，破坏掉
与这黑夜相配的可怖氛围。——我这里威胁着，
而他却安然活着；与火热的行动相比，
言辞无非是冰冷的呼吸。（警钟鸣）
我去，去便大功告成；听，召唤的钟声。
不，邓肯，你却不能听，这只是索命号角，
不是送你下地狱，便是召你上天庭。　　　　下

第二场　/　景同前

麦克白城堡内

麦克白夫人上

麦克白夫人　让他们烂醉者却让我心雄胆壮；
让他们熄灭者却让我迸发火光。
听！嘘！是不祥更夫鸱鸮在尖叫，
叫出凄厉惨淡的晚安。他动手了。
门都敞开着；烂醉如泥的卫兵
对自己的职责正发出嘲弄的鼾声。
我早把麻醉药掺入他们的牛奶酒[1]，

1　牛奶酒（possets）：亦译作“牛乳酒”，睡前喝有助睡眠。

他们此刻正在梦里翻腾，死活难分。

麦克白上，起初在幕内或高台，或不在麦克白夫人视线内；手持染血的匕首[1]

麦克白 那边是谁？喂！

麦克白夫人 哎呀，怕只怕他们提前清醒，
而大事未竣。若功败垂成，
错不在谋杀而在谋事欠审慎。
留心！我已摆好匕首，他定能
发现。若他睡相不似我父，
我已自己下手。（看见麦克白）——来者是夫君？

麦克白 大事已成。你没有听见噪音？

麦克白夫人 蟋蟀啾啾，鸱鸮嘶鸣。
你没有发声？

麦克白 什么时候？

麦克白夫人 刚才。

麦克白 我下楼的时候？

麦克白夫人 对。

麦克白 听！
隔壁是谁？

麦克白夫人 道纳本。

麦克白 （看自己的手）这景象惨不忍睹。[2]

麦克白夫人 什么惨不忍睹，真是个愚蠢念头。

麦克白 有个人睡梦中笑，另一个喊“杀人啦！”
他们吵醒对方。我站着听他们说话；
可他们念念祈祷文，

1 其他版本多无此行舞台提示语。——译者附注

2 这景象惨不忍睹（This is a sorry sight）：亦可译作：看着这手太叫人难受。——译者附注

然后又倒头睡下。

麦克白夫人 那里确实有两个人同房而睡。

麦克白 一个喊“上帝保佑！”另一个喊“阿门！”
仿佛他们看见了我和这双杀人的血手。
听到他们恐惧地叨念“上帝保佑”，
可“阿门”这词儿我却说不出口！

麦克白夫人 别把事情想那么深透。

麦克白 可“阿门”这词儿我为何说不出口？
我才最需要上帝赐福，但“阿门”这词儿
却卡在喉头。

麦克白夫人 我们干的这种事绝不能这样去想；
想多了一定会使得我们疯狂。

麦克白 我好像听见一个声音在叫：“别睡啦！
麦克白杀死了睡眠。那纯洁的酣睡，
能理清忧虑的乱丝，让人活一日便死一回，
让人沐浴一遭以舒缓一天的劳累，
它疗治受伤的心灵，它是自然的二度生命，[1]

1 它是自然的二度生命（great nature's second course）：此句疑点甚多。《皇家版》及其他注本多解作：筵席上最有营养的主菜。诸家译本也都一律按照这个意思或译作“大自然的最丰盛的菜肴”（朱生豪），或译作“大自然之第二道菜”（梁实秋），或译作“伟大的造化最丰盛的菜肴”（孙大雨）、“大自然提供的重点菜”（卞之琳），或译作“是伟大的自然所给我们的第二道菜”（曹未风）、“是生命之筵席上的一道主菜”（方平）。《阿登版》虽然也持此解，但在注中提到 J. 多弗·威尔逊（J. Dover Wilson）对此别有看法：所谓 course（意为“竞赛”或“人生历程”）对莎士比亚来说，意味着此词的其他含义。据此，我将此句解作“它是自然的二度生命”。这和上一行的“让人活一日便死一回”是相呼应的，只是前者强调人的生命过程，而这句强调这也是自然过程罢了。如果将 course 译作“主菜”之类，与紧接着的 chief nourisher（主要的营养物）似明显在含义上重复。从句法形式来看，前面几个类似名词性短语都是各自为阵，各有独特的含义，而这最后两个短语却被理解为相互阐释的同位语关系，似乎也不妥当。不过，诸家译本的处理既有注本为据，我的理解也只是意在丰富对莎士比亚原作的欣赏。仅供参考。——译者附注

	是生命筵席上的营养极品”——	
麦克白夫人	你在叨咕什么？	
麦克白	整个房间响彻着它的声音：“睡不了啦！ 葛莱密斯谋杀了睡眠，所以考多尔不能 再有睡眠，麦克白从此不能安枕。”	
麦克白夫人	谁这么叫来着？喂，我的爵士大人， 你这么胡思乱想，你那高贵的精神 可就垮掉了。去，弄一些水来， 洗掉你手上的罪证。你怎么把利刃 带到这里来了？它们得放在那边； 快拿走它们；然后在睡熟的侍卫身上 涂得鲜血淋淋。	
麦克白	我不到那儿去了。 一想到我干的事，我就怕得不行； 我不敢再看现场的情景。	
麦克白夫人	意志薄弱之辈！ 给我匕首。（接过匕首）睡着的人和死人 和图画有何区分？只有孩子的眼睛 才害怕图画中的妖魔。若他血还未流尽， 我就把鲜血涂上侍卫的双脸， 因为必须让他们很像作案之人。	下

幕内敲门声

麦克白	何处敲门？ 我怎么啦，什么响动都让我肉跳心惊？ 这是什么手啊？唉！看得我眼球欲脱， 四海之水可否能洗净 这手上淋漓之血？不，我心惊恐，

怕它会让无涯的浪谷波峰
由碧绿转作殷红。

麦克白夫人上

麦克白夫人 我手和你手颜色相同，但我心却耻于
像你的那样苍白。（敲门声）——有人敲门，
在南门口；咱们快回到自己房间。
一点儿清水就能把你我洗刷干净：
嗨，太容易了！你平时的泰然自若
怎飞得无踪无影？（敲门声）——听！又在敲门。
穿好睡衣，以防别人偶然走进，
发现咱还没就寝。别这样神思恍惚，
似落魄失魂。

麦克白 与其知我所为，还不如忘我是谁。（敲门声）
敲吧，敲破邓肯之梦！但愿你有这神通！ 同下

第三场 / 景同前

幕内敲门声。一看门人上

看门人 真有人敲门！一个人要是在地狱里看门的话，
他得拧多少次钥匙呀。
（敲门声）敲！敲！敲！鬼东西[1]，究竟谁在敲啊？一定是

1 鬼东西：原文为 i'th'name of Beelzebub，字面含义为：以别西卜（魔鬼）的名义。

个气得吊死的地主老财，囤粮无数想赚大钱却偏偏碰上五谷丰登；[1]你倒是会挑时候，多带几条汗巾吧，这儿有你汗流浃背的时候哩。

（敲门声）敲！敲！鬼东西，又是谁啊？老天在上，一定是个昧着良心说含混话的家伙，对着正义的天平，两边都能赌咒发誓；他打着上帝的旗号干了背信弃义的事，可他的含混其词却不能让他混上天堂。[2]喂，进来吧，你这说话模棱两可的人。

（敲门声）敲！敲！敲！谁在那儿？老天在上，一定是个英格兰裁缝，做条法国紧身裤都要偷工减料。来吧，裁缝，来烤烫你的熨斗吧。[3]

（敲门声）敲！敲！永不安宁！你是谁？这儿太冷了，做地狱不够格。我才不想做这鬼看门人呢。我倒是想让五花八门的人都进来，反正你们都醉生梦死过了，该掉进这火海中去了。

（敲门声）来喽，来喽！求求你，有好处别忘了俺这看门人啊。[4]（开门）

麦克杜夫与列诺克斯上

麦克杜夫 朋友，昨夜是不是睡得太迟，

1 一定是个……五谷丰登：据记载，1606 年英格兰粮食大丰收，原想囤积居奇赚大钱的粮农反倒因粮价大跌而破产，甚至有自杀者。——译者附注

2 他打着上帝的旗号……混上天堂：此话也影射当时的天主教徒为逃避宗教法庭的惩罚而故意含糊其词。耶稣会信徒创立了一种模棱两可术教义（Doctrine of Equivocation）。

3 来吧，裁缝，来烤烫你的熨斗吧（come in, tailor: here you may roast your goose）：tailor 一词是 penis（阴茎）的俗名，故此句亦可理解为“和你的娼妇做爱去吧”或“染上春宫病吧”。

4 据威尔逊注，看门人此时可能是面向观众，伸出双手，作乞求状，希望赏点酒钱之类。——译者附注

这么晚还没起来？

看门人 实话实说，大人，昨晚我们一直痛饮到第二声鸡叫。大人，酒最能招惹三件事。

麦克杜夫 酒最能招惹出哪三件事啊？

看门人 嗨，大人，撒尿、睡觉、鼻子糟。酒这玩意儿，大人，能让你淫火中烧，也能让你淫欲全消；它让你想干得很，但又偏让你干不成。因此，酗酒是色欲上的两面派。成人之美，也夺人之美；鼓起人的淫胆，又消退人的淫心；让你心热，又让你心冷；让你硬得起来，又让你硬不到底；结果呢，这两面派把你哄入一场春梦，谎称陪你睡了，实际上却溜之大吉。

麦克杜夫 我相信昨天晚上酒也谎称陪你睡了一宵吧。

看门人 没错儿，大人，它确实骗我骗得惨。可我也给了它点颜色看；我看我比它强，尽管有时它让我腿都迈不开，但我终归还是把它放倒了。[1]

麦克白上

麦克杜夫 你主人起床了吗？
咱们的敲门声把他惊醒了；他来了。（看门人可下）

列诺克斯 早安，尊贵的大人。

麦克白 早安，两位。

麦克杜夫 王上起来了吗，尊贵的爵爷？

麦克白 还没呢。

麦克杜夫 他命我准时将他叫醒；
我却差点儿误了时辰。

1 这里的话都是双关。例如“放倒”这样的用语，既有性暗示，又有酒后呕吐的暗示。——译者附注

麦克白　　我带你去觐见他。

麦克杜夫　　虽然您乐此不疲，

毕竟有劳贵体。

麦克白　　乐意之劳，劳也不劳。

看，王上住处到。

麦克杜夫　　恕我斗胆入室复命，

臣下本有职责在身。　　麦克杜夫下

列诺克斯　　王上今日离开贵地？

麦克白　　对。王上曾有此谕。

列诺克斯　　昨夜里整晚都乱作一团，

我们住处的烟囱都被吹翻。

有人说，空中传来悲恸的叫喊，

凄厉的神嚎鬼哭，在强有力地预言，

这可悲的时代行将面临可怕的动乱。

不祥之鸟在黢黑之夜聒噪不安；

有人说，连大地都患了热病，

急剧地震颤。

麦克白　　真是个可怕的夜晚。

列诺克斯　　我阅历尚浅，

的确难找出相似夜间。

麦克杜夫上

麦克杜夫　　啊！天哪！天哪！天哪！

说不出、想不到的惊天大变啊！

麦克白和列诺克斯　　怎么啦？

麦克杜夫　　劫难而今达于极顶！

万恶不赦的凶手破门入侵

王上圣体之宫，

窃走了宫中的生命！

麦克白 你说什么？生命？

列诺克斯 你是说陛下？

麦克杜夫 到房间去吧，让果耿妖魔式的惨景
化你作无语的石人。[1] 别逼我说：
你们自己有嘴、自己有眼睛。—— 麦克白与列诺克斯下
快醒来！醒来吧！
快敲响警钟。杀人啦！谋反啦！
班柯！道纳本！马尔康！快醒来吧！
快挣脱死亡的赝品，这软软的睡眠，
亲睹死亡的本相吧！起来，起来啊，
看这世界末日的景象吧！马尔康！班柯！
快像死尸从坟茔中惊起，让你们的魂魄
直面这毛骨悚然的情景吧！快敲钟啊。

警钟鸣。麦克白夫人上

麦克白夫人 是什么大事
需要敲响这可怕的钟声
将屋子里睡着的人全惊醒？说！说！

麦克杜夫 哦，温柔的夫人，
我能说您却不能听。
这些话若传进女性的耳鼓，
没准会要了她的命。——

班柯上

哦，班柯，班柯，

1 果耿妖魔（Gorgon）：据古希腊神话，果耿（又译作戈耳工）是一个女妖魔。任何人只要看她一眼，立刻化作石头人。

咱们陛下给人谋杀了！

麦克白夫人 噉，天啦！
什么？就在我们的房子里吗？

班柯 在哪儿都是残酷无比啊。
好麦克杜夫，我求您啦，求您收回这句话，
就说这不是真的吧。

麦克白、列诺克斯与罗斯上，或率众侍从上

麦克白 倘若我在变故之前一刻殒命，
我也曾享受过幸福的一生；
从今以后，人世间的生存，
万事不值得关心。一切皆如儿戏；
死去了贤德名声；生命之酒已饮尽，
唯余酒窖残渣可炫耀世人。

马尔康与道纳本上

道纳本 出了什么变故？

麦克白 就是你的变故，你还糊里糊涂！
你血液之泉、之源、之头已被封住；
你的生命之本已再无来处。

麦克杜夫 您父王遭暗杀了。

马尔康 啊，谁杀的？

列诺克斯 很像是和他同寝室的侍卫所干；
他们手上脸上，血迹斑斑，
我们在他们枕边找到两把匕首，
未擦的血痕尚鲜。他们惊惶失措；
谁都不能将生命交给这种人看管。

麦克白 唉，我恨不该一时怒火中烧，
把这两个家伙断然杀掉。

麦克杜夫 你为何要杀掉他们?

麦克白 情急之下，谁能又理智又惊恐，
又狂怒又从容，又忠愤又中庸?
谁也不行。我那赤诚动若狂风，
竟使理性失控。王上尸身横陈，
银肤上淋漓着金黄之血；伤口深深，
宛若洞开着道道毁灭之门。
两个凶手身染行凶者殷红本色，
两把匕首乱凝着血块红腥。
谁，倘若他真有赤胆忠心，
能按捺住满腔忠愤，
而不奋起亮剑报效王恩?

麦克白夫人 快救救我！啊！（晕倒或佯装晕倒）

麦克杜夫 快照料一下夫人。

马尔康 （旁白。对道纳本）此事与咱们最有关联，
咱们却为何缄口不言?

道纳本 （旁白。对马尔康）还有啥可言不可言，噩运隐身
小洞间，我俩时刻有危难。
此刻不走，必有惨泪落人前。

马尔康 （旁白。对道纳本）哀伤接踵将至
萧墙欲起祸端。

班柯 快照看好夫人。（麦克白夫人可被扶下）——
诸位袒胸露肚恐遭风寒，
不如回房先穿戴一番，
之后再聚首，理会这惊天血案，
探根求源。恐怖和疑虑震撼
诸位心田。然有伟大上帝相帮，

我将向这大逆不道之行宣战，
终解开案底谜团。

麦克杜夫 我也同此心愿。

众人 大家同此心愿。

麦克白 咱们赶紧披挂整齐，[1]
然后到大厅里聚集。

众人 遵命。 除马尔康与道纳本外众人下

马尔康 你怎么办？咱不与他们周旋。
伪君子特善于把哀颜假扮，
我，要去英格兰。

道纳本 我去爱尔兰。舍弃了荣华之缘，
你我更为安全。眼下此城，
多见笑里藏刀人。越是血亲，
越近血腥。

马尔康 杀人利箭已脱弦而至，箭镞所指，
尚未触地，你我上上安全法门，
乃避其锋镝。登鞍而行吧；
再无需拘礼于什么临别赠辞，
悄然脱身。既然慈悲正义烟消云散，
不告而辞本属理所当然。 同下

1 披挂整齐（put on manly readiness）：《皇家版》认为 manly readiness 指“衣服”。据《新克拉伦登版莎士比亚》（*The New Clarendon Shakespeare*），亨利・卡宁厄姆（Henry Cuningham）认为这只是指“男人们的衣服”，但肯定暗示是一种战时服装。今据后者译为“披挂整齐”，暗示穿上与作战相关的服装（即戎装）。——译者附注

第四场 / 第九景

因弗内斯的麦克白城堡附近某处

罗斯与一老人上

老人 七十年来凶奇事，
桩桩件件胸中记。
若比昨夜惨祸凶，
往事千万不值提。

罗斯 啊，好老爹，你看你看，
苍天已不满人类的表演，
开始威胁这血腥的剧院。
按钟点，此刻本应是白天，
黑夜沉沉却将巡行的天灯遮严。
是黑夜当道，抑或白日羞惭？本该
艳阳吻地，却为何黑幕笼罩地面？

老人 实属罕见，就像那桩谋杀案一般。
上周二，一只鹰隼正在空中盘旋，
却冷不丁被吃鼠的猫头鹰攻击，
命丧黄泉。

罗斯 有一件事确凿又非常奇特：
邓肯的几匹马，雄骏、快捷，
良种难得，突然间任性撒野，
破厩而出，不受看管，
好像要向人类宣战。

老人 听说它们彼此相食。

罗斯 的确如此。我亲眼所见，惊讶万分。

麦克杜夫上

好心的麦克杜夫来了。——
外边有何动静，大人？

麦克杜夫 唉，你没看到吗？

罗斯 究竟是谁犯下这惨绝人寰的罪行？

麦克杜夫 就是麦克白杀死的两个卫兵。

罗斯 啊，天哪！
他们这样干有什么好处？

麦克杜夫 他们是受人贿赂；
马尔康和道纳本，两个王子
不告而偷偷离去，这就使他们
受到怀疑。

罗斯 这更加违背常情；
无利可图的野心，你竟吞噬了
自己生命的根本！看来十有八九，
麦克白会成为王位继承人。

麦克杜夫 他已经得到提名，为继王位
而去了斯昆[1]。

罗斯 邓肯的遗体何在？

麦克杜夫 已运往科尔姆基尔[2]，
那是其历代祖先的王陵，
诃护着骸骨遗勋。

1 斯昆（Scone）：珀斯（Perth）北面的古城，苏格兰国王的传统加冕地。

2 科尔姆基尔（Colmekill）：即艾奥纳岛（Iona），苏格兰赫布里底群岛中一岛，古代苏格兰国王安葬地。

罗斯 你会去斯昆吗?

麦克杜夫 不，兄弟，我去法夫。

罗斯 那好，我也去那儿。

麦克杜夫 好，再见！愿你看到那边一切正常，
我怕新袍的舒服程度不如旧装!

罗斯 再见，老爹。

老人 上帝祝福您，也祝福您的同侪，
只要他们化恶为善、化敌为友! 众人下

第三幕

第一场 / 第十景

苏格兰王宫（具体地点不详）

班柯上

班柯 您现在如愿以偿：伯爵、公爵、国王，[1]
和妖巫许诺的一模一样。但你的手段
恐怕极其肮脏；据说你虽有王位在上，
却难以荫及后代儿孙，而我，
却将会引领我的儿孙成为代代君王。
如果女巫的预言真有道理，
一一应验在你麦克白身上，
为什么给我的预言
就不会同样兑现，
使我满怀期望？嘘，闭嘴！

仪仗号。国王麦克白、王后麦克白夫人、列诺克斯、罗斯及众贵族与侍从上

麦克白 贵客都在这儿啦。

麦克白夫人 要是忘了请他，
那这盛宴就有一大缺憾，
样样都不妥当啦。

1 这里的原文 king, Cawdor, Glamis 应译作：国王、考多尔、葛莱密斯。鉴于考多尔、葛莱密斯是爵位名称，用在这里表明麦克白的职位不断飙升，故译作：伯爵、公爵、国王。——译者附注

麦克白 （对班柯）今夜我们举办国宴，将军，
我请你务必光临。
班柯 请陛下差遣随意。
身为臣下，我自当
尽臣下之职；
永不言辞。
麦克白 今日下午爱卿要骑马出游吗？
班柯 回陛下，是的。
麦克白 今日有要事相商，爱卿素来发言
足智多谋，朕本欲聆听阁下高见；
不过，明日再议吧。
爱卿骑得很远吗？
班柯 陛下，远到从此刻到晚餐这段时间
的路程；倘若臣下之马跑得不够顺，
那就斗胆向陛下借用天黑后
一两个小时的时辰。
麦克白 可千万别错过咱们的国宴。
班柯 绝不错过，陛下放心。
麦克白 据传孤王那两位血腥的王侄
已逃往英格兰和爱尔兰藏身；
他们不承认弑父之弥天大罪，
却四处以奇谈怪论蛊惑众人。
不过，此事容朕明日再议，
尚有诸多国事候诸位大臣共商细评。
上马吧，晚上见。弗里安斯与你同去吗？
班柯 是的，陛下；时间不多，容臣就此别过。
麦克白 愿卿等良骥步履稳健、迅捷如飞，

朕放心将诸位安危系于良马之背。再见！ 班柯下
今晚七点以前各位自便；
为使宴会让人人身心舒坦，
诸位可独自静处，直到晚饭之前。
那么，再见，再见！ 众贵族下。麦克白与一仆人留场
小子，回我话：那两人是不是
在外等我召见？

仆人 是的，陛下，他们就在宫门外边。

麦克白 让他们入见。 仆人下
夺江山，不稀罕；保江山，才最难。
我对这班柯像眼中钉似的忌惮；
他生性中有一种威严的高贵，
让人望而生畏，他敢作敢为，
却又绝非有勇无谋之辈，
凡有行动，动必无惊无危。
舍他之外，我别无可惧之人。
而他却命中注定是我的克星，
就如同凯撒克住了安东尼的精神。
当女巫把国王的称号加在我头顶，
他却呵斥她们，要她们有话对他讲。
而她们竟预言他的子孙将世代为王。
她们赋予我一顶不可传后的王冕，
在我手中放了一根不育的权杖，
那权杖将落于异姓子孙，
我自己的后裔将无可继承。
果真如此，空劳我天良丧尽
成全的却是班柯的子孙；

为了他们我竟让仁慈的邓肯刀下丧命；
为了他们我现在心怀怨毒不再安宁。
我将永恒的珍宝——灵魂——
送给了魔鬼——人类的公敌，
结果代代国王却是班柯的子孙！
与其如此，我还不如挑战这命运，
来吧，让我们一决死生——！ 谁在那儿？

仆人引二刺客上

（对仆人）到门外去，叫你再进门。 仆人下
咱们昨天不是交谈过了吗？

二刺客 是的，陛下。

麦克白 那好，你们斟酌过我的话吗？[1] 你们要知道，过去使你们背时倒运的就是他，而你们以前却总是怨我，这一点咱们上次见面时，我已经用事实向你们解释清楚了：你们是如何被欺骗，被整治，用了什么手段，谁的主使，以及诸如此类；即使一个傻子或疯子听了这些话也明白："这都是班柯干的！"

刺客甲 您使我们都明白了。

麦克白 我是使你们明白了，但还要深谈，所以我们要第二次会面。你们觉得自己天生就是逆来顺受的人可以对此听之任之吗？他那铁手压得你们弯腰驼背、都快弯到坟墓里去了，恨不得让你们一辈子讨口要饭，而你们呢，反倒还想捧读《福音》为这个所谓的好人和他的子孙祈福吗？

刺客甲 陛下，我们是人。

1 《皇家版》注：以下两段剧文在第一对开本中虽然以诗体标行，但因为各行长短差别太大，所以很可能被误排成了散体。译者这里亦按《皇家版》散体翻译。——译者附注

麦克白 对，归起类来，你们也可算作人；
就像猎狗、跑狗、杂种狗、野狗、
粗毛狗、哈巴狗、狮子狗、水狗和狼狗
一样，统统都叫狗，但归起类来各有身价：
有的跑得快，有的跑得慢，有的伶俐狡猾，
有的善打猎，有的能看家；
按照慷慨的造物主所赋予才能的高下，
虽都属狗类，名称却各有等差。
人类嘛，也是同样的分类法。
假如你们就自己的行伍情况判断
并非无能之辈，你们就告诉我此点，
我也就会把那件事托付你们去办。
事情一旦办成，你们不但可以
将你们的宿敌腰斩，
还可赢得我青眼相看。
只要他小命还在，我就会寝食难安；
只有他一命呜呼，我才会身心泰然。

刺客乙 陛下，我就并非无能之辈，
但却饱受人世打击和摧残，
而今誓吐胸中积怨，
天大的事儿敢承担。

刺客甲 我也并非平庸之徒，
受够了几多逆境、磨难；
而今倒不如舍命一搏，成，则
鸿图大展；败，无非命丧黄泉。

麦克白 二位已知晓班柯与你们是仇人。

二刺客 陛下明鉴。

麦克白 他与朕也是冤家路窄、不共戴天。[1]
他每分每秒之存在都威胁朕的安全。
尽管我可以公然下旨将他从我眼前
除掉，只须说这是圣旨所宣；
然而朕多有不便，
皆因他的一些朋友，
与朕有私交牵连，
他们的情感朕还须顾念。
即使朕亲手宰掉他，也还得涕泪涟涟。
故出于理由多端，朕需尔等大力襄助，
办成此事，好把众人耳目遮掩。

刺客乙 陛下放心，
我等谨遵圣旨。

刺客甲 即使生命攸关——

麦克白 尔等真是英气盎然。一小时内，
朕自会通告尔等藏身地点，侦察
所得相关情况，以及具体动手时间；
此事务必今晚成办，且事发地点
须远离王宫。尤其要牢记，事情
须办得与我毫无牵连。
切勿留下任何破绽，
杀掉陪伴他的儿子弗里安斯；

1 本场国王自称方式在不同场合有所变化。国王在自白时不妨用“我”。与刺客的对话也可用“我”，因为国王与卑劣之人私下谈话时，利益攸关，可能忘记或不计较自身的尊严。待到国王看准两个刺客愿意为他卖命时，他或许又有了安全感，也因此有可能恢复自己的尊严感，于是习惯性地重新使用“朕”字。——译者附注

对我而言，在这黑暗时刻，
他父子必须双双殉难，共赴黄泉。
二位可先私下定夺一番；我会随后
找你们进一步商谈。

二刺客 陛下，此事我们早有定夺。

麦克白 那好，请先在里边歇息，我即刻会见。——

二刺客或可下

大事已定。班柯，你将魂飞九天；
若你有幸找到天堂，则时刻必在今晚。 众人下

第二场 / 景同前

麦克白夫人与一仆人上

麦克白夫人 班柯出宫了吗？

仆人 是的，娘娘，不过今晚就会回宫。

麦克白夫人 去，王后欲进宫见驾，请速通报，
有话禀告。

仆人 是，娘娘。 下

麦克白夫人 一无所得，可怜算尽机关；
高位高宠，心却苦感歉然。
毁人得乐，其乐总非真乐，
被毁为尘，为尘反倒长安。

麦克白上

啊，夫君！你为何独自踽踽而行，
任愁思乱想裹缠你的身心？
这扰攘思绪早该和已死者同葬，
你却执着在心庭。万策无法补救事，
最应听任自飘零：既已成，便作成。

麦克白 咱虽斩蛇却未斩断其命根本；
其断体当愈合而再次新生，
其毒牙仍在，必清算咱往日暴行。
但愿宇宙分崩，天地毁损，
免使咱夜夜战栗于联翩噩梦
之侵凌；食，食不安稳；
睡，睡不安宁。咱原本图个称心，
才把这死者送称心之地；谁承望
而今咱心地反备受折磨，彻夜难安
于宁境，反不如与死者共处墓茔。
邓肯已长眠于地下；历经癫狂人生，
现睡意坦然。叛逆使其惨遭厄运，
而今，无论钢刀、毒药，外患内忧，
全不能对他毫发有损。

麦克白夫人 嗨！嗨！我的夫君，
快收敛起你满面的愁云，
以容光焕发笑对今夜嘉宾。

麦克白 我自知分寸，贤妻，你也须如此言行；
你要对班柯示现尊敬，眼、舌并举，
务使他感到尊荣万分：
咱当下立足未稳，须借谀词滔滔
洗刷出我们清白的声名，

将面孔作面具掩盖起内心，
务使真相秘不示人。

麦克白夫人 你得摆脱这种状况。

麦克白 啊，夫人！我心中有千万毒蝎横行，
一想到班柯和弗里安斯还未了余生。

麦克白夫人 可他们也是血肉之躯，不会永恒。

麦克白 这话我倒还觉得中听。他们并非
刀枪不入之体，所以你还可感到宽慰。
未等蝙蝠绕回廊而飞，未等硬甲壳虫
应答赫卡忒之召唤而振响夜钟，
如催人入睡，嗡嗡，一件可怕的行动
将要最后告终。

麦克白夫人 什么行动？

麦克白 宝贝心肝，你不必与闻个中奥妙，
只等事成拍手叫好。——令人目盲之夜，
来吧，来把慈悲白昼的柔眼笼罩，
用你那血腥、无形的巨手把那令我
心悸的道德羁绊撕成碎片千条！
日色渐渺，昏鸦飞向暮林；
白昼的事物，虽美好，
却沉沉欲睡，于是夜晚的邪恶使者
开始四出猎杀、气焰嚣嚣。——
闻此言，你必觉心惊，但请气和心静：
始于无道之行，必以无道支撑。
请随我而行。 同下

第三场 / 第十一景

苏格兰王宫一英里开外

三刺客上

刺客甲 （对刺客丙）但你奉谁之命来与我等共行此事的？

刺客丙 麦克白。

刺客乙 咱们不必怀疑他，他对我们的差使
和行动方式，与咱们得到指示
完全一致。

刺客甲 那咱们就一块儿干。
几抹夕光依然闪耀在西天；
迟来的旅人赶着来投客店，
正快马加鞭；咱们守候的目标
看看就到眼前。

刺客丙 听！马蹄声。

班柯 （幕内）嗨，给我们点上火把！

刺客乙 是他。按照请帖计划，
别的赴宴客人早已
入宫啦。

刺客甲 有人为他卸鞍牵马。

刺客丙 还有一英里远吧；但他
像大家一样，通常从那里下马
到宫门则只凭脚丫。

班柯与弗里安斯执火把上

刺客乙 看，火把！火把！

刺客丙 就是他。

刺客甲 预备。

班柯 今夜有雨要下。

刺客甲 那就下吧。（刺客甲扑灭火把）

班柯 啊，中计了！快逃，好弗里安斯，逃！逃！逃！

（众刺客攻击班柯）

你要报仇啊。——啊，狗奴才！

（班柯死去。弗里安斯逃走）

刺客丙 谁扑灭的火把？

刺客甲 不该扑灭吗？

刺客丙 只看到一个倒下；那小东西逃走啦。

刺客乙 可惜把重头戏演砸啦。

刺客甲 唉，走吧，走吧，报告成果去吧。 众人下

第四场 / 第十二景

苏格兰王宫宴会厅

筵席已摆好。麦克白、麦克白夫人、罗斯、列诺克斯及众贵族与侍从上

麦克白 请诸位大人入座，各依官品，

朕千言作一言：竭诚欢迎。（众人就座）

众贵族 谢陛下隆恩。

麦克白 朕今夜喜为东道主人，

学谦恭待客，和光同尘。

女主人已在御榻上坐定，
良辰一到，朕当邀她恭致谢忱。

麦克白夫人 陛下，请代我向所有贵宾
表达我由衷的谢意和欢迎。

刺客甲上，候在门口

麦克白 看，群臣皆以由衷的谢意回敬。
两边的人数相等，那我宜坐中心。
大家尽情畅饮作乐；少顷，朕
要与环座诸位挨个对饮。（移步至门口）——
（对刺客甲）你脸上有血腥。

刺客甲 这是班柯的血。

麦克白 愿它只流在你脸膛而非在他胸膛，
可已把他收拾停当？

刺客甲 陛下，我一刀毙命，他已喉断身亡。

麦克白 你割喉的本领可真要算高强；
谁要是割断他儿子的喉咙，谁就
同称榜样。你要是办到，就盖世无双。

刺客甲 陛下在上，弗里安斯侥幸漏网。

麦克白 啊，我心病复发了。我本可固若金汤，
大理石般完整，岩石一样坚强，
空气般辽阔自在；可现在却被
恼人的疑惧所包围、幽禁、捆绑。
不过，班柯确实收拾停当？

刺客甲 回陛下，收拾停当在一条沟里，
脑袋上有二十处刀伤，
最轻的一处也意味着死亡。

麦克白 好，谢忱无量。——

大蛇已僵卧该处；小蛇却出逃，
它必有毒液产生，只要时间一到。
所幸眼下未长毒牙。——你先退下；
朕明日再问你话。 刺客下

麦克白夫人 陛下，夫君，您应该来斟酒助兴；
宴会若缺少了劝酒的殷勤，
那请酒就不过是卖酒的经营。
只为吃饭，不如在家里吃合算。
须知礼节殷勤才是菜肴的调料，
没有这调料，宴会就毫无味道。

班柯的鬼魂上，在麦克白的位子坐下

麦克白 亲爱的，你提示得真妙！
来，祝大家吃得下，受得了，
口福健康都看好！

列诺克斯 恭请陛下入座。

麦克白 今夜盛会，尊贵班柯若在场，
真可谓举国豪英，济济一堂。
英雄缺席不赏光，孤王虽有怨，
却更恐，贤卿良臣遭遇祸殃。

罗斯 陛下，班柯大人迄今未至，
错在他爽约未到场。恭请圣上
落座，使我等有叨陪陛下之荣光。

麦克白 座位个个都不空。[1]

列诺克斯 陛下，此位乃陛下御用。

1 班柯之魂占住了麦克白的席位，所以麦克白发现座位已满，但可能一开头并未发现是班柯鬼魂，只以为是别的什么人占住了自己的位子。——译者附注

麦克白 哪个座位？

列诺克斯 陛下，这个。何事惹您动容？

麦克白 你们中谁干了此事？

众贵族 什么事，仁慈的陛下？

麦克白 你不能说是我干的；别朝我
摇晃你那血淋淋的头发。

罗斯 诸位，起身吧；陛下有点不对劲儿。（众贵族开始起身）

麦克白夫人 请坐好，尊贵诸公。王上常犯此病，
从小如此。诸位请安坐放心。
他这病突收突起，一会儿就
浪静风平。你们若关注过分，
他就会心生恼恨，反加重病情。
吃喝吧，别理他。——
（与麦克白一旁对话）你还是不是男人？

麦克白 哼，我就是胆大包天的男子汉，
吓倒妖魔鬼怪的东西也敢看。

麦克白夫人 唉，老掉牙的大话！
这不过是你的恐惧描绘出的图画。
是你所谓引领你刺杀邓肯的空中刀把。
啊，你这种大呼小叫、惊恐万状——
不过是恐惧的伪装——倘围坐冬日炉火旁
听一位女人把祖母传说的故事讲，
你这表情，倒挺适当。羞啊！羞！
你扮什么鬼脸装什么样？一切结束，
你只是在对着一张空凳子呆望。

麦克白 求你啦，看那边！看！看！看！——
你怎么说？呸，我怕啥？你能把头点，

那你就开言。要是灵堂墓穴必须把
埋葬了的人送回人世，那今后的死者，
只好让鹰隼饱餐。[1] 鬼魂下

麦克白夫人 吁！愚蠢！你是不是男子汉？

麦克白 我真看见他了，要是我真在这里站。

麦克白夫人 呸！真丢脸！

麦克白 古时候杀人流血的事情司空见惯，
那时保护百姓的法律还很不健全。
那以后凶杀命案仍连连不断，
耳闻目睹，恐怖非凡。那时节，
脑浆飞溅，人命归天，说完就完。
可现在死去的人却会重新站起，
头顶上二十处致命刀斑，竟能
将我推下御座。这样的事情
真比谋杀案还要怪诞。

麦克白夫人 尊贵的陛下，
诸位大臣都在把您惦念。

麦克白 恕我健忘。——
（大声）请勿见怪，诸位良臣贤卿，
知情者都知道，我有一种怪病，
嗨，小事一桩。来，诸位健康安宁！
干了这杯我就坐下。——给我倒酒；斟满！——
（一仆人斟满酒杯）

鬼魂上

1 据原文 our monuments /Shall be the maws of kites 应译作：那今后死者的坟墓应该是鹰隼的肠胃。意思是让鹰隼吃掉。此处意译。——译者附注为在座各位的幸福快乐，干杯！
为我们的朋友，缺席的班柯，干杯！
真希望他在场！为诸位，为他，干杯！
请诸位为大家自己，干杯！

众贵族 谨遵圣命。干杯！（众人喝酒）

麦克白 （看见鬼魂）滚开！从我的眼前滚开！
让黄土把你掩埋！
你的骨头没骨髓，你的血液冷冰冰；
别看你瞪圆两只眼，你眼里没精神！

麦克白夫人 各位大人，请宽心，
这又是他惯常的老毛病，
不稀奇，只是令人太扫兴。

麦克白 朕胆气原与丈夫同，
你可变俄国大猛熊，
坚甲犀牛波斯虎，[1]
千般幻化任逞凶，
休恐我心动我容。
只请勿现当前相，
回生与我决雌雄[2]；
我若心怯，便是丫头片子的玩具童。
滚，可怕的幽灵！冒牌货！——好，消失无踪。鬼魂下
我又成了男子汉。——（对众贵族）请诸位安坐勿动。

麦克白夫人 你这莫名其妙的胡闹，

1 波斯虎：原文是 Hyrcan tiger，即希尔坎猛虎，产于古波斯帝国里海（Caspian Sea）南岸地区。

2 回生与我决雌雄：原文 or be live again /And dare me to the desert with thy sword 直译作：你倒不如活过来与我在一个没人的地方用剑决斗。这里是意译。——译者附注

让盛宴中天，欢乐失调。

麦克白 难道此种怪象
只如夏云偶然骤集头上，
不会让我们特别惊惶？
一看到这情状，我吓得面色惨白，
而你却脸放红光，
你简直让我不认得
自己的气质和胆量。

罗斯 陛下，什么情状？

麦克白夫人 求你们别再声张；他的病况越来越重；
多问惹他上火。诸位晚安，立刻，马上。
什么尊卑先后的次序都不必讲，
散席吧，马上。

列诺克斯 晚安；愿王上
早日恢复健康！

麦克白夫人 衷心祝愿各位晚安！

众贵族下。麦克白与麦克白夫人留场

麦克白 流血难免了；俗话说：流人血者其血必流。
早听说藏尸顽石会自动，树木也会自开口；[1]
鹊噪鸦啾，自会显示诸多征兆与苗头，
终必令血案肇事者无处可溜。
长夜，已过多久？

1 早听说……也会自开口（Stones have been known to move and trees to speak）：石头挪动之后，被谋害的尸体就暴露出来了。《圣经》记载，耶稣遇害后，其墓门石头亦自开，耶稣不知去向。树木开口说话事，见于古罗马诗人维吉尔（Virgil）的史诗《埃涅阿斯纪》（*Aeneid*）第 3 卷第 22 章第 599 行。——译者附注

麦克白夫人　黑暗正与黎明斗，难解难分夜与昼。

麦克白　麦克杜夫胆敢抗命，
你看此事是何原因？

麦克白夫人　陛下可曾派专人邀请？

麦克白　抗命话我只是耳闻；我还会派人去探听。
他这类人家，我都分头买通了一名仆人
做我的耳目。我将在明日时分——
明天清晨——去找那三个女巫精，
让她们说出更多的实情；因为现在
我必须弄清，最糟会糟成什么处境。
为了自身利益，我一切都不会顾惜。
既已喋血权城，合当涉血而进，
顾盼，退回，同是索然无味。
脑中一有妙计奇思，可立刻施行，
全不必瞻前顾后，慢考细斟。

麦克白夫人　你缺乏睡眠，那一切生命的调剂品。

麦克白　好，睡吧。我出乖露丑、自欺欺人，
都因恐惧心太重、涉世不深。
干这种营生，咱真的——太嫩。　同下

第五场[1] / 第十三景

地点不详

雷声。三女巫上，迎面遇见赫卡忒

女巫甲 嗨，赫卡忒！怎么啦，满脸是怒火。

赫卡忒 满脸是怒火，难道我不该？
你们这无礼而冒失的丑八怪？
怎敢和麦克白私下乱交易，
用哑谜把生死大事来安排？
我乃是你们魔法的大主宰，
灾殃祸福，本该由我来独裁；
凭什么抢去了我应有头彩，
不让我亮相神通魔法大舞台？
尔等一切瞎折腾，
提起只叫人更怒，
只便宜了不肖一狂徒；
这厮胡作非为，心地歹毒，
无义无情，活脱脱一个凡夫，
只为自利，何曾仗义为尔图。
去吧去吧，现在补救，尚有机运。
尔等快去冥河，靠近地坑，
与我相会在明晨。麦克白将奔赴

1 此场景内容很可能是由托马斯·米德尔顿（Thomas Middleton）创作，明显是在莎士比亚退休后为演出而添加上的。

那里占卜其命运；你们带上咒符、
法器和一切所需的器物。
我将腾飞而去；设计凄惨不幸的
结局，哪怕用整晚的工夫。
这件大事的完成不能超过正午，
趁半轮新月钩横天际，
上悬一滴神秘的露珠，
我要在它落地之前采取，
用魔法将它的精华炼出，
凭藉其魔幻的力量将他迷住，
令其意乱神迷，嘲弄死生，
蔑视命运，悖情越理，无恐无缚，
只执着于自己的雄图。
众所周知，居安不思危
是人类最致命的疏忽。

音乐与歌声起

听！他们在叫我呢。我的小精灵，
看哪，他们腾云驾雾，正在把我等。　下

幕内歌声："快快快，快快赶来，快快赶来……"

女巫甲　她马上就会回来；来呀，快抓紧。　众人下

第六场 / 第十四景

苏格兰（具体地点不详）

列诺克斯与另一贵族上

列诺克斯 我先前所言，只不过巧合了你的意思；
这些话还可作进一步解释。我只想说，
这些事情很有点古怪稀奇。仁慈的邓肯
真让麦克白痛心：天啊！王上居然横死。
一世英豪班柯本不该贪走夜路，你要是乐意，——
也可以说杀他者本是他儿子弗里安斯，
证据：弗里安斯仓皇逃匿。夜路是走不得的！
马尔康和道纳本竟然对自己的慈父下手，
有谁敢否认这样的暴行罪大恶极？
该死该死！这气得麦克白痛不欲生！
面对两个嗜睡贪杯的失职奴才，
忠肝义胆使他横刀结果其性命。
谁敢不钦敬这样的忠心？嗨，
这事干得真的很聪明；因为
那两个家伙若活着抵赖其罪行，
谁听了都会怒火填膺。所以我说，
麦克白办的事真的都很谨慎。
我深信，若两个王子落到他的手中——
老天保佑，可别让他得逞——
弑父的人将会是什么命运！
弗里安斯也难逃极刑。得，闭嘴！

据说麦克杜夫因为言语不慎，又不
出席宴会迎合暴君，已经受到贬损。
大人，可否相告，他现于何处安身？

贵族 邓肯的儿子马尔康——
其王位被这暴君霸占——
现住英格兰；爱德华谦恭良善，[1]
收留了他，不因他命途多舛，
而遗任何失敬之怨。
麦克杜夫也投身此邦，
恳请那贤明国王，力劝
诺森伯兰和好战的西华德
出兵相帮——天帝在上，
义举必彰——我们当再次安享
餐桌肉食，夜睡和祥，
宴会上不再有淋血刀枪，
谨表忠心，安然受赏；
此一切诚属众心所望。
消息传来，王上震怒异常，
横下心来，准备打仗。

列诺克斯 他是否派人找过麦克杜夫？

贵族 派过。得到的是一个果断回复：
“大人，恕不从命。”使者脸色愠怒，
转身趋走，嘴里嘟哝，好像在说：

1 爱德华（Edward）：英国盎格鲁－撒克逊王朝君主（1042 年至 1066 年在位），素称“忏悔者爱德华”（Edward the Confessor）或“圣爱德华”（Saint Edward），对基督教信仰无比虔诚。——译者附注

“如此大不敬，终必悔不当初。”

列诺克斯 这倒是个提醒，
让他多加小心，远避
横飞的祸患。愿某位圣洁天使
迅飞英格兰宫廷，替他报信；
让上帝的福音早日
回到这苦难的国度，
免使它饱受魔掌的蹂躏！

贵族 愿我的祈祷到达他身。 同下

第四幕

第一场　　/　　第十五景

地点不详。内景空间，或为一洞穴

雷声。三女巫上

女巫甲　　斑猫三声叫。

女巫乙　　刺猬四声啸。

女巫丙　　怪鹰啼啸：时间到，时间到。

女巫甲　　围着大锅绕又绕；
烂肠烂肚釜中抛。
冷石下面蟾蜍睡，
三十一日昼与宵；
睡汗淋漓化毒液，
先将魔鼎炖尔曹。（三女巫绕大锅起舞）

三女巫　　加油加油努力干，
锅汤滚滚烧烈焰。

女巫乙　　沼中蛇蟒剁成片，
扔进锅中烤加煎；
凶狗舌，蝙蝠毛，
青蛙脚，壁虎眼，
蝮蛇毒齿盲蛇刺，
蜥蜴腿儿鸱鸮翼；
炼成阴曹魔汤宴，
人间从此乱翻天。

三女巫 加油加油努力干，
锅汤滚滚烧烈焰。

女巫丙 豺狼利齿龙鳞甲，
巫婆丑陋干尸架；
咸海凶鲨喉与肚，
夜掘毒草根须下；
尚有犹太渎神肝，
山羊苦胆和紫杉；
紫杉须等月蚀现，
嫩枝缕缕切成片。
土耳其鼻鞑靼唇；
娼妇弃婴在沟堑，
截断婴指和粥煮，
猛虎肠胃添新宴，
嗨，魔汤一鼎百味兼。

三女巫 加油加油努力干，
锅汤滚滚烧烈焰。

女巫乙 猩猩滴血冷魔汤，
魔法炼成妙且健。

赫卡忒与另三位女巫上

赫卡忒 嗨！尔等辛劳真堪赞，
各有嘉奖待我颁；
且对汤锅唱咒诀，
灵怪环舞尽成欢，
施法汤中物，魔性始得全。

音乐与歌声起：“精灵，精灵，黑红灰白一大串……”

赫卡忒与另三位女巫下?

女巫乙 指尖忽觉刺痛在，
必有邪怪此番来。（敲门声）
来者皆不拒，锁儿且自开。

麦克白上

麦克白 喂，神秘邪恶，半夜巫精！
何事在此折腾？

三女巫 事虽有，却无名。

麦克白 我唤尔等凭法术答我疑问，——
但不管你们的法术来自何方。
尔等纵呼风唤雨，摧击教堂；
挟惊涛弄狂浪，毁船吞桨；
或扑倒麦穗一大片，
或吹折树林连根亡；
城堡坍塌处，将死又兵伤；
巨塔王宫，尖顶、屋脊倾地上；
造化雄奇，空孕育奇珍异宝，
一朝尽数覆亡。甚至“毁灭”自己
也厌倦毁灭行当。纵然如此，
尔等也须回我话，直截了当。

女巫甲 说吧。

女巫乙 问吧。

女巫丙 我们全都回答。

女巫甲 你是愿意回答出自我们的唇间，
还是愿意我们祖师给予答案？

麦克白 传他们出面，朕要亲见。

女巫甲 此猪污血倒入锅，
曾吞九崽在猪窝；

火上泼进肥脂油，
油从绞刑犯身流。

三女巫 大小高矮来无踪，
现形作法显神通！

雷声。幽灵甲上，为一戴头盔的头颅

麦克白 说，你这无名的幽灵——

女巫甲 他懂你的思想。
只管听，不用讲。

幽灵甲 麦克白！麦克白！麦克白！小心麦克杜夫，
小心法夫爵士。就此别过。不可多泄天机。 隐没入地

麦克白 不管你是何方精灵，我感谢你的提醒；
你道出我的隐忧。我还想问——

女巫甲 他不听命于人。又来一位，
他的法力更有雄威。

雷声。幽灵乙上，为一血淋淋的小儿

幽灵乙 麦克白！麦克白！麦克白！

麦克白 我若有三只耳朵，只只都会听你说。

幽灵乙 你要血腥、大胆、坚定，大笑开怀，
嘲弄人力，因为人若正常产自女人胎
无一个能把麦克白伤害。 隐没入地

麦克白 那就活下去，麦克杜夫，朕何须惧你分毫？
但我还将让可靠变得加倍地可靠，
有命运为我作担保，我必使你在劫难逃；
我终可以自谓那揪心的恐惧无非烦恼自招，
纵电闪雷鸣，我也能安然睡大觉。

雷声。幽灵丙上，为一头戴王冠、手执树枝的小儿

这是什么人？

像是国王的后裔正冉冉升腾，
在他那稚嫩的前额上
罩着浑圆的王冠一顶？

三女巫 你只管听。不要对他说长道短。

幽灵丙 像狮子一样勇猛、傲慢；
不在乎谁恼怒，谁厌烦，
也不管什么阴谋作乱。
麦克白无坚不摧，除非大伯南森林
与他作对，移到邓西嫩山顶。[1] 隐没入地

麦克白 此事绝不会发生！
谁能迫使森林俯首听命，强令树木
从土中拔起深根？祥和的预兆！舒心！
叛逆的死尸绝不会跃起，[2] 除非伯南森林
会化作叛军；位登极顶的麦克白
终将安享天年，寿终正寝。
然而我心怦然而动，有一件事，
我想问询：若你法术灵验，
可否告我，此王国的未来承袭者
是否是班柯的子孙？

三女巫 请休再问个不停。

麦克白 回答我的提问；若你们执意不肯，
永恒的诅咒落到你们头顶！说给我听。
（大锅沉下）为什么大锅下沉？

1 邓西嫩山（Dunsinane Hill）位于珀斯北边约 10 英里。伯南森林（Birnam Wood）则还要再向西北走 15 英里。

2 叛逆的死尸：指班柯绝不会安居墓茔而不奋起抗争。

（奏双簧管）这是什么噪音？

女巫甲 现形！

女巫乙 现形！

女巫丙 现形！

三女巫 让他看在眼里，愁在心中，
来如幻影，去若清风！

八位国王装束者现身，班柯的鬼魂殿后；第八位国王手执一镜

麦克白 你太像班柯的鬼魂。滚！滚！
你的王冠灼伤了我的眼睛。你的头发
和戴金箍的额头和第一位同形。
第三位和前一位也相像。龌龊的巫精！
你们为何向我展示这幅情景？第四位？
爆出来啦，我的眼睛！天！这一串家伙
难道要延续到天荒地老、末日雷鸣？
还有一个？第七位？别让我看见了。
第八位，手中持镜，镜里多戴王冠人。
有人甚至执御球两个、御杖三根。[1]
恐怖的景象！我明白：这将成为实情；
因为血发淋漓的班柯正对我微笑，
手指王群，表明他们是他的子孙。 众国王与班柯下
什么？就这样？果真？

女巫甲 对，这就是全部实情。不过，

1 御球两个、御杖三根：苏格兰国王罗伯特二世（Robert II）于1371年登基。罗伯特二世去世后罗伯特三世（Robert III）继位，之后从詹姆斯一世（James I）到詹姆斯六世（James VI）共6位国王相继统治苏格兰，前后一共8位国王。从詹姆斯一世开始，英格兰和苏格兰被统一，故以两球相喻。詹姆斯一世被尊为“大不列颠、法兰西和爱尔兰之王”，故以三权杖象征。——译者附注

麦克白为何如此震惊？——
来，姐妹们，咱好好给他提提神，
把咱们的绝技给他披露几分。
我施魔法，一曲妙乐平空起，
尔手相连，翩翩圆舞显奇氛；
一代雄王，或以嘉言赠我辈，
感铭示谢，我等待客已尽心。（音乐起）

众女巫起舞后隐去

麦克白 女巫呢？一去无影？这时刻真毒，
愿它载入历书，长受诅咒千古！——
门外候听者，进来！

列诺克斯上

列诺克斯 陛下有何吩咐？

麦克白 你可看见那些女巫？

列诺克斯 没有，陛下。

麦克白 没从你身边路过？

列诺克斯 真的没有，陛下。

麦克白 她们所到之处，空气化作毒雾；
凡是信其话者，地狱是唯一出路！
听，谁路过？蹄声嘚嘚，清清楚楚。

列诺克斯 陛下，有两三个使者来向你报告，
麦克杜夫已向英格兰出逃。

麦克白 逃到英格兰去啦！

列诺克斯 是的，陛下。

麦克白 （旁白）时间，趁我未痛下杀手，
你竟然抢在了我的前头；
行动须紧随飞旋意图之后，

否则就总被意图抛丢。
从此刻起，我心有所思，
便立刻动手。以眼前而言，
我须用行动快速实现思想，一想到就干。
对麦克杜夫城堡，奇袭；对法夫，攻占！
对他妻儿和一切不幸者，只要有点血缘，
都使剑下亡身。我不能再学傻瓜，夸夸其谈；
我要立刻行动，趁意图未冷之前。
幻象滚开，千万，千万！——（对列诺克斯）那些使者呢？
传旨下去，我要召见。　　同下

第二场 / 第十六景

位于法夫的麦克杜夫城堡
麦克杜夫夫人、其子及罗斯上

麦克杜夫夫人　他犯了何事，竟然被迫逃往国外？
罗斯　夫人，您必得多些忍耐、宽怀。
麦克杜夫夫人　可他却毫无耐心。
他的逃跑就是疯病。我们并无实际的叛国言行，
可由于恐惧却使我们的叛国罪弄假成真。
罗斯　可夫人毕竟不知道，
他这样做是因恐惧还是因见识高明。
麦克杜夫夫人　见识高明！他自己逃之夭夭，

抛妻别子，不要府第、不要功名。
这算什么高明？他对我们无情无义，
不讲骨肉情分。就连可怜的鹪鹩，
最小的禽鸟，为保护幼雏与窝巢，
也会奋战鸱枭。我看他是恐惧胆小，
早在心中把对家人的爱意全抛；
说什么见识高明，全是扯淡，
逃跑，就是最大的没头没脑。

罗斯 最亲爱的嫂夫人，
我求你，务必冷静。你的丈夫，
高尚、睿智、头脑清醒，深谙
世事变化之秘。我不便把事情完全挑明；
时代残忍，我们不知不觉就莫名其妙地
背上叛国之名；因为害怕，咱把流言听信，
可怕的是什么，却不明究竟，
只能在险恶的海涛上飘零，
没有任何方向。我这就要向您辞行，
但不会离别太久；我会再来看顾你们。
事情烂透了就会有个收场，说不定
还有可能恢复原状。可爱的侄儿，[1]
愿上帝保你无恙！

麦克杜夫夫人 说他有父，等于无父。

罗斯 在下愚钝，若唐突久留，
恐言语不当自辱蒙羞，徒令尊夫人难受；
恕我即刻告辞。 罗斯下

1 侄儿：此处指麦克杜夫的儿子。故下面有有父若无父的话。——译者附注

麦克杜夫夫人 孩子，你爸爸已死，你现在怎么办？
你怎么活命？

儿子 妈妈，像小鸟那样活命。

麦克杜夫夫人 怎么，靠吃虫子和苍蝇？

儿子 弄到什么，吃什么。我是说，就像小鸟。

麦克杜夫夫人 可怜的小鸟！你不怕罗网、粘胶，也不怕陷阱、圈套。

儿子 我干吗要怕，妈妈？人们不会算计可怜的小鸟。我爸爸没死，不管你们怎么东说西道。

麦克杜夫夫人 不，他死了。你没了父亲该怎么着？

儿子 不，您没了丈夫该怎么着？

麦克杜夫夫人 嗨，随便哪个市场上我都能买到二十个。

儿子 您买回来只是为了又把他们卖掉。

麦克杜夫夫人 你倒挺会说笑。说实话，
就你这年纪，也算能说会道。

儿子 妈妈，爸爸以前是反贼吗？

麦克杜夫夫人 呃，他是。

儿子 什么是反贼？

麦克杜夫夫人 嗯，就是发假誓说谎话的人。

儿子 这样的人都是反贼吗？

麦克杜夫夫人 这样的人就是反贼，必须绞死。

儿子 发假誓说谎话的人都得绞死吗？

麦克杜夫夫人 都得绞死。

儿子 谁一定要绞死他们呢？

麦克杜夫夫人 嗯，正人君子。

儿子 我觉得发假誓、说谎话的人很傻，因为这种人很多，
完全可以打败正人君子，并反倒把正人君子绞死。

麦克杜夫夫人 唉，上帝保佑你，你这可怜的猴精！可在挑选父亲这件

事上你怎么做？

儿子 要是父亲死了，你会为他哭泣的。要是你不肯哭，那就是好兆头：我该很快有个新爸爸啦。

麦克杜夫夫人 你这嚼舌根的，说的什么话！

一信差上

信差 上帝保佑您，贵夫人！您我素不相识，
但我久闻夫人尊位与大名。
我担心夫人或已身陷危境。
如蒙垂听在下之好意忠告，
可带着孩子火速离此飞奔。
在下大不敬，已让夫人受惊，
若您再遭奇祸，真令人惨不忍闻，
旦夕之危，已近您身。老天保佑！
恕在下不敢逗留。 信差下

麦克杜夫夫人 我，我该逃向何处？
虽然清白无辜。唉，怎么没记住：
这尘世碌碌，作恶的，常称救世主；
行善的，反骂作阴险愚夫。
罢了，这时节，我何苦婆婆妈妈
自我辩护，道什么清白无辜？——
且慢，这些面孔是何来路？
尔等何人？

刺客数人上

刺客甲 你丈夫现在何处？

麦克杜夫夫人 愿他不在鼠窃狗偷之处，
否则尔辈去找，怎找得出。

刺客甲 他是反贼。

儿子 胡说，你这个蓬头垢面大恶徒！

刺客甲 什么，你这混蛋！你这个反贼窝里的小贼种！（刺中孩子）

儿子 他杀死我了，妈妈。快逃，求求你啦！（死去）

麦克杜夫夫人高呼“杀人啦！”下，众刺客追下

第三场 / 第十七景

英格兰王宫

马尔康与麦克杜夫上

马尔康 愿我等找个没人的阴凉处，
把满怀的凄悲诉诸痛哭。

麦克杜夫 那倒不如
手持利剑，做堂堂丈夫，
起而护卫沉沦国土。忍见此邦
新寡泣妇，路畔啼孤，
悲声曲曲，直达云霄绝处，
天地回响不绝，仿佛，与苏格兰，
同讴惨咽哀呼。

马尔康 凡我所信者，我都痛哭涕零；
笃信我所知；补救我所能。
时机得当，我必对友尽心。
阁下所言，也许都是实情。
提起这暴君之名就污人舌根；

你曾对他忠心，他对你尚手下留情。
我还年轻，阁下或可用我邀功请赏；
献出我这孱弱、可怜而又无辜的羔羊，
以泄去那凶神之愤，[1]
如此行事，庶几算得上聪明。

麦克杜夫 我岂是阴险狡诈之辈。

马尔康 但麦克白正属此类。
良善正直者亦因君命难违，
行事违心。恕我直言不讳，
谅阁下人品不会因此言转是为非。
最美的天使已堕落，[2]但众天使依然又善又美；
尽管一切邪恶总爱披上良善的外装，
但良善毕竟是善不是虚伪。

麦克杜夫 我已经万念俱灰。

马尔康 也许正因此点，我才起了疑心。
你怎可如此轻率地抛妻别子，
全不管相依为命、骨肉情深，
不辞而远别家门？请勿多心，
将我的猜疑引为羞耻，我之所想，
只为自身安全计。你也许秉性忠贞，
不管我怎样思忖。

麦克杜夫 流血吧，流血吧，可怜的国家！
暴虐的君王，你已稳坐天下，
因为正义不敢和你争锋！王冠有瑕，

1　凶神（angry god）：指麦克白。
2　最美的天使（the brightest）：指魔鬼撒旦（Lucifer or Satan），他因藐视上帝权威而被打入地狱。

戴上吧，反正你名分已定！——再见，殿下。
我绝不做你心目中的小人，
即使让我在那暴君的江山中称霸，
外搭上东方的富庶国家。

马尔康 请别生气；我的话
并非全是因为对你心存戒心。
我想我们的国家在暴政下沉沦；
它在流血，在呻吟，鳞伤遍体，
每一天都会有新的伤痕。不过我想，
会有人为维护我的王权而奋起抗争；
此邦英格兰王慷慨应允，已助我
数千精兵。可是，尽管如此，
就算有一天我脚踩暴君，
剑挂其头，我那可怜的祖国
在后继者的统治下，将会苦难更深，
罪恶更甚，各式各样的苦楚，
使它不得安生。

麦克杜夫 那后继者竟是何人？

马尔康 我指的是我自己。在我身上，
千门百类的罪恶已深深扎根，
它们一旦暴露，连黑心的麦克白
看起来都会像白雪一样单纯；
与我的暴虐无度相比，这可怜的国家
会觉得他像羔羊一样温驯。

麦克杜夫 恐怖的阴曹地府，
群魔无数，没一个魔头比麦克白
更邪恶更罪不容诛。

马尔康 我承认，他嗜杀成性、
淫逸贪心、虚伪欺诈、
鲁莽阴狠，一切罪孽名称，
都和他有缘分；然而，我的淫欲
却无边无垠。你们的娇妻爱女、
主妇童贞，都无法填平
我的淫欲之壑；我欲望的长矛[1]
能穿透一切和我对垒的战坑。
与其让我这样的人做国家首领，
还不如让麦克白去称王称君。

麦克杜夫 人性的放纵无异是一种暴政，
它让快乐的王位后继无人，
过早空虚，令多少帝王
死于非命。但您不要担心，
该得的，取之无憾。你可暗地里
纵情声色，外表上却凛若寒冰，
掩人耳目，招数堪精。
情愿献身的美娇娘，所在多有，
投怀送抱者总青睐帝都王侯，
怕的是您狼胃[2]太小，秀色盈楼，
只愁难以全部消受。

马尔康 在我这十恶不赦的天性中

1 长矛：原文是 will，含义双关：1）意志；2）性欲、阴茎。莎士比亚喜欢用 will 这个字眼表达若干性暗示的含义，这在他的十四行诗中尤其明显。——译者附注

2 狼胃：原文是 vulture（鹰），意思是鹰口太小，吞不下那么多美味（女子）。这里略加变换作“狼胃”，暗示色狼之义。——译者附注

还有贪婪之欲望无穷；
我一旦王袍加身，
必诛杀贵族，侵夺田垄；
勒索珠玉，强占房宫；
所得愈多，贪欲之火更浓；
于是陷忠良，造冤讼
只为侵夺其财，
何惜剿灭其宗。

麦克杜夫 这贪婪毒根，比春宫淫荡，
更深更广，其利刃似剑，
可怜曾腰斩，几多君王。
但殿下勿虑，苏格兰自有财货无疆，
可填满您名分所需的欲壑千丈。
您有其他的美德作补偿，
容忍这些恶德又有何妨。

马尔康 但我丝毫不具圣君之德行，
如诚信、自制、稳重、公正、
慷慨、刚毅、仁慈、谦逊、
忍耐、勇猛、坚韧、献身，
都与我毫无缘分。可种种恶行
我应有尽有，且花样翻新。
唉，我一旦位高权重，就会
把和睦美好扔进地狱之门，
让人间乱得沸反盈天，
举世不得统一与安宁。

麦克杜夫 天哪，苏格兰呀，苏格兰！

马尔康 我就是我刚才说的这种人，

请问，这种人配不配做国君？

麦克杜夫 配做国君？
不，只配短命。祖国啊，苦难之邦，
何时才能重睹您昔日的辉煌？
篡位暴君手持着血腥的权杖，
合法的嗣君却自暴自弃自谤，
真辱没了祖宗。——您父王
本是一位至德君主；您母后
在世时，日日诚盼着死后天堂，
跪拜祈祷的时日多过站着的时光。
再会吧！您自己坦承的罪孽桩桩，
无异把我从苏格兰流放。
——啊，我的心房，希望
已从你这里逃离他方。

马尔康 麦克杜夫，你这种慷慨激昂
表明你心地高尚，重重疑虑，
不复压在我心上，我胸中
仍坚信你清白忠良。奸贼麦克白
欲使我陷入魔掌，使尽百计千方，
亏得我小心提防，没有轻信上当。
感谢上帝，让你我甘苦共尝！
自今往后，我愿听从你的指点，
也收回那些故意的自我诽谤。
我声明，一切加在我身的诬陷，
都与我的本性毫不相干。
我不近女色、不违背誓言，
连分内之物也不贪得无厌；

背信弃义之事我从不曾有，
甚至不会把魔鬼出卖给他的同伴；
我热爱生命但我更热爱真理，
刚才自谤是我平生说谎的开端。
我有真心赤胆，只随顺你
和祖国的召唤。你到来之前，
老西华德已率领雄师一万，
整装待发，装备周全。
咱俩相聚，同仇敌忾，
我师出有名，料战必克奸。
你为何沉默不言？

麦克杜夫 凶事吉事同传到耳边，
要融通倒让我左右为难。

一医生上

马尔康 好，稍后再谈。——请问，王上来了？

医生 来了，殿下。大堆病人，可怜兮兮，
正等着王上救治；这怪病，难倒圣医，
却难不住王上，轻触，圣指——
实乃上帝所赐——指下立见神奇，
病人个个霍然而愈。 下

马尔康 谢谢你，医生。

麦克杜夫 他道这是何病？

马尔康 此病谓之瘰疬病。
亏得有此明君，技绝如神；
自从我来英格兰，多曾目睹他
施绝技，妙手回春。然祈神
相助之法，唯他一人与闻。

怪病缠身者，浑身溃烂如蛀，
惨不忍睹；难倒多少外科大夫，
只有王上能手到病除。
他将一枚金印挂在病人脖颈，
自己口中则将祈祷文轻诉；
据说这妙技传自其先祖。
此外，王上还生来就未卜先知，
他的御座四周常常祥瑞密布，
暗示他德高品亦殊。

罗斯上

麦克杜夫 看，来者何人？

马尔康 虽从未谋面，但必是故国乡亲。

麦克杜夫 是我的表亲。贤弟，欢迎，欢迎。

马尔康 好，有幸相识。望上帝尽快铲除
那层隔膜[1]，使我们不再形同陌路！

罗斯 殿下，阿门。

麦克杜夫 苏格兰可还屹立如初？

罗斯 啊，哀哉故土！
简直难辨其本来面目。它不能
再称为我辈生母而只是坟墓；
此邦唯无知者脸上还残留笑意；
撕裂长空的叹息、呻吟和哀呼，
无人顾，世间唯余椎心的痛楚；
丧钟敲响，却无人问：谁，已亡故？
善良的生命说衰枯就衰枯，

1 隔膜（means）：此处暗指麦克白。

比他们帽上花草的萎顿速度
还要快，甚至，无疾便遭屠戮。

麦克杜夫 啊，细致入微的陈述，真实、清楚！

马尔康 什么惨剧最新？

罗斯 半个时辰前的惨剧就被哂为旧闻，
因为惨剧每时每刻都在发生。

麦克杜夫 我夫人情况如何？

罗斯 呃，还行。

麦克杜夫 我孩子们呢？

罗斯 呃，也还行。

麦克杜夫 那暴君未曾搅扰他们的清静？

罗斯 没有。我离开时，他们过得还安宁。

麦克杜夫 说话别藏着掖着；究竟如何？

罗斯 我一路赶来传达消息，沉重
而又沉痛，颇闻谣言之风，
说忠义之士多已揭竿从戎，
这传言我倒可以证实几分，
因为我亲见暴君的队伍出动。
举事救国，此其时也。——（对马尔康）殿下
若现身苏格兰，必使将士闻风而从，
使裙钗辈亦操戈奋起、以除逆凶。

马尔康 我们行将北进，
愿他们喜候这佳音。
英格兰仗义助我，已遣西华德将军
率精兵一万，找遍基督教世界，
再无比这更老练、更优秀的将领。

罗斯 但愿我能报以同样的喜讯，

可我有话在心，却宁愿只对
大漠倾吐，号啕声声，
却不愿有人倾听。

麦克杜夫 此话怎讲？
是事关苏格兰的存亡？
还是来自个人的哀伤？

罗斯 凡是正直诚恳之人
都将体会到其中的悲情，但只有你
当承受其中的最哀音。

麦克杜夫 若和我有关，
求你别遮掩，快请直言。

罗斯 但愿你的耳朵永不会与我的长舌为仇，
因为这惨痛空前的消息，是我的舌头
向你的耳朵披露。

麦克杜夫 哼，我猜就是如此。

罗斯 你的城堡遭到奇袭；夫人和孩子
惨遭屠戮。若是我将惨状说得更仔细，
你会痛不欲生，于是在那些亲人尸堆上，
会徒添上你自己的尸体。

马尔康 慈悲的苍天！
怎么啦，男子汉！请勿拉下帽檐
遮住前额；开怀痛诉吧！压抑的哀怨
是揪心的絮语，终会裂胆摧肝。

麦克杜夫 我的孩子们都惨遭此难？

罗斯 夫人、孩子和仆人，能找到的，全杀完。

麦克杜夫 而我却偏偏不在家园！我夫人也惨罹此难？

罗斯 此话我已回复两番。

马尔康 节哀吧。
我们会将大举复仇作为药丸，
治愈你这伤悲，它真是惨绝人寰。

麦克杜夫 他，没有孩子。[1]——我全部后人？
你是说全部？啊，天杀的恶鹰！斩草除根？
啊！我所有可爱的小鸡和他们的母亲
全被鹰爪攫取干净？

马尔康 抗争吧！像个男子汉！

麦克杜夫 这个，理所当然！
可男子汉怎能没有男子汉情感！
骨肉情深，心坎相连，我岂能
忘得干净！老天有眼，怎么会
袖手旁观？罪孽深重的麦克杜夫，
他们都为你而赴黄泉！我这混蛋；
让妻儿都受我牵连，无辜的灵魂血溅
屠刀之畔。让他们安息吧，上天！

马尔康 让这悲痛成为磨刀石磨利你的宝剑！
让它振奋心灵，化作冲天的怒焰！

麦克杜夫 啊，热泪涌流在我的双眼，
豪言迸发自我的舌端！上天仁慈，
请让一切延宕有个了断，让我直面
这苏格兰恶魔，刀对刀，剑对剑，
如果他侥幸脱逃，那就算老天
仁慈给了他脸！

1 他没有孩子（He has no children.）：此话可指马尔康，也可以指麦克白。没有孩子的人难以体会失子之痛。

马尔康 这话说得有男子气派。
来，去受国王接待。大军阵势已排，
万事俱备，只等拔寨起兵。麦克白
如烂果在树，一摇即掉落尘埃；
天诛将至，请君但宽解心怀，
漫漫长夜，终有曙色对天开。 众人下

第五幕

第一场　/　第十八景

邓西嫩麦克白城堡

医生与一侍女上

医生　我和你一起守候观察了两夜，但没有看到你说的那种情况。她最后一次梦游是什么时候？

侍女　自从王上出征之后，我就见她从床上起来，披上睡衣，打开壁橱，从里面拿出纸来，折叠一下，在上面写字，读了一下，然后封好信，又上床了。可她做这一切时都是在熟睡状态中啊。

医生　她的身心已一反常态了。一方面在睡觉，一方面又有清醒时的表情和行动！在这种躁动不安的昏睡中，她除了走来走去和别的行动外，你听到她——任何时候——说过什么没有？

侍女　先生，这种事我不会在她背后乱说的。

医生　但你可以对我说，而且这是你最应该说的了。

侍女　我不能对你说，也不能对任何人说；因为没有人能证明我说的是实话。

麦克白夫人执一蜡烛上

您瞧，她来了！她就是这副样子；我以性命担保，她真的睡得很熟。您仔细瞧，不过要躲着点。（两人退至一旁）

医生　她怎么搞到那支蜡烛的？

侍女　呃，这蜡烛本来是放在她身边的；她身边总是点着蜡烛。

	她下过这样的命令。
医生	你瞧，她的眼睛是睁着的。
侍女	对，可她的视觉却是关着的。
医生	她现在干什么来着？瞧，她两手搓来搓去的。
侍女	她这是一种习惯动作，好像是在洗手；我曾见过她就这么使劲搓，足足搓了一刻钟。
麦克白夫人	可这儿还有血迹啊。
医生	听！她说话啦。我要记下她的话， 免得事后有所遗忘。
麦克白夫人	滚开，该死的血迹！滚，我告诉你！……一点钟，两点钟，嘿，嘿，该动手啦。[1]……地狱里好黑。……呸！老公：呸！兵爷，还害怕？我们怕什么？管他有谁知道，反正谁也不敢把我们绳之以法啊？……可谁会想到这老头子要流那么多血啊？
医生	你听到这话了吗？
麦克白夫人	法夫爵士原来有一位夫人；她现在在哪？……怎么回事，难道这双手永远都洗不干净吗？……别这样啦，老公啊，别这样啦，你这么装神弄鬼的，把什么都搞砸了。
医生	哟，哟[2]，你知道了你不该知道的事了。
侍女	她说了她不该说的话啦，这点我敢担保。天知道她心里藏着什么事啊。
麦克白夫人	还是有血腥味啊；用完阿拉伯的一切香料也薰不香这双

1 一点钟……该动手啦（One: two: why then, 'tis time to do't.）：麦克白夫人想象她听到了时钟的嘀嗒声，或者是她要向麦克白摇响的铃声，示意麦克白该动手了。

2 哟，哟（Go to, go to）：《皇家版》认为，此语是医生针对麦克白夫人而发。类似“好啦，好啦”。其他版本（如《阿登版》）认为医生不是对侍女说话。亦有版本认为这可能是医生自言自语。此处译文取最后一种理解。——译者附注小手啦。唉！唉！唉！

医生 多么沉重的叹息！好一颗苦涩的心灵。

侍女 我才不愿意为了身居高位而在胸膛里装这么一颗苦涩的心呢。

医生 唔，唔，唔。

侍女 愿上帝保佑一切都好吧，先生。

医生 这种病我治不了。不过，我知道有些梦游者还是在床上善终的。

麦克白夫人 把您的两只手都洗干净，穿上睡衣，别显得那么面无人色。我跟你再说一遍，班柯早就下葬了；他不可能再从坟墓里爬出来。

医生 有过这种事？

麦克白夫人 快睡，快睡！有人敲门。来，来，来，来，把手给我。干过的事情是无法挽回的。——快睡，快睡，快睡！

麦克白夫人下

医生 她现在要去睡觉吗？

侍女 是的，马上。[1]

医生 流言蜚语在外面不胫而走，
反常行为必引生反常烦忧；病态心灵
会对无语的枕头将秘密泄露；
她更需要对神灵忏悔，而不是医生伺候。
愿上帝宽恕芸芸众生！看好夫人，
把她身边有伤害性的东西全都拿走；
随时盯紧她。好吧，晚安。她搅乱了
我的心胸，惊骇了我的双眸；

1 《皇家版》本场到此行之前的对话都是散体，不是诗体。故译者以散体翻译。——译者附注我只敢藏事在心，却不敢说出我口。

侍女 晚安，好大夫。 同下

第二场 / 第十九景

邓西嫩附近

旗鼓前导，孟提斯、凯斯尼斯、安古斯、列诺克斯及众兵士上

孟提斯 英格兰大军逼近，领兵者，马尔康，
西华德叔相辅佐，麦克杜夫为悍将，
自号正义之师，复仇怒火满胸膛，
汹汹来势，令麻木不仁之徒
也奋起奔赴，流血的沙场。

安古斯 他们来的方向
必经伯南森林之旁，我们在那儿较量。

凯斯尼斯 谁知晓道纳本是否与其兄同处营房？

列诺克斯 将军，他们肯定不在一起。
全体将校都见于我这名单一张：
西华德之儿郎，还有大量
无须少年，自称已成丁壮。

孟提斯 那暴君怎样？

凯斯尼斯 他把邓西嫩修筑得固若金汤。
有人说，他已疯狂；敌意稍减者
则说，此乃怒将之狂放；可显然，
他再也无法将皮带系在自己腰上，

他那肚子溃烂膨胀得无法收场。[1]

安古斯 他现在真切地感到
谋杀之血腥紧附着他的手掌；
风起云涌的[2]叛乱谴责他缺乏忠良。
听命于他者并非出于拥戴之心，
而只是出于君命难抗。他现在感到
头上的王冠在头顶松动摇晃，就像
巨人的长袍套在了矮小的窃贼身上。

孟提斯 既然他身内的一切都不愿
与他同处臭皮囊，更难怪
他的感官出现故障，
他行事畏缩、惊惶。

凯斯尼斯 好，让我们起兵向前，
到真正应该俯首听命的地方。
我们要去迎接治疗苦难之邦的良药，
跟随他[3]，纵然须将滴滴鲜血流淌，
只要能治愈故国的创伤。

列诺克斯 热血或流多流少，因需而定量，
浇灌出君王之花，淹杀掉莠草毒稂。
好，进军，朝伯南林方向。 众人列队行进，下

1 《皇家版》注认为：此处言外之意是，麦克白再也无法为他的保卫战的正义性找到自圆其说的解释了。译者认为，这个意象暗示麦克白无论怎样修筑防御工事也控制不住内部行将分崩离析的局面。——译者附注

2 风起云涌的：原文为 minutely。《皇家版》注：每分钟都发生的。《阿登版》注：非常频繁发生的 (very frequent)。——译者附注

3 他：这里指马尔康。——译者附注

第三场 / 第二十景

邓西嫩的麦克白城堡

麦克白、医生及众侍从上

麦克白 休再向我报告，任他们全体出逃；
除非伯南林移动到邓西嫩之郊，
否则什么都休想将我吓倒。
马尔康那小子算什么料？
难道他不是产自女人的胎胞？
洞察世事因果的精灵曾向我宣告：
“别怕，麦克白；凡由女人胎道生出者
都动不了你分毫。”逃吧，叛逆的王公，
尽管与英格兰饭桶们同道。我的心脑，
不因疑虑而委顿，也不因恐惧而动摇。

一仆人上

你这脸都吓白的蠢材，愿魔鬼变你成黑妖！
你打哪儿捡来这副呆鹅般的面貌？

仆人 有一万、万……

麦克白 一万只呆鹅吗，混蛋！

仆人 一万大兵，陛下。

麦克白 去，把脸戳破，好让血红罩住你吓白的脸，
缺肝少胆的东西。什么大兵，蠢蛋？
该死的混账！看你这张脸，白布一般，
想吓死别人？什么大兵，你这白脸盘？

仆人 禀告王上，是军队，来自英格兰。

麦克白 抱着你的脸滚蛋。—— 仆人下

西顿！——我心里很乱，
我看到——喂，西顿！——这次攻战
或使我永保江山[1]，或使我弃位丢权。
叹命期漫漫，命途坷坎，
倏落秋零之际，黄叶正自凋残。
荣誉、爱戴、服从，朋友百千，
本应是我衰年所伴，而今去也，
一去不复回还。相反，伴我者
唯余诅咒，刻毒而低沉，还有
假恭维，来自欲言又止的心田。——西顿！

西顿上

西顿 陛下有何吩咐？

麦克白 消息有无进展？

西顿 陛下，刚才所报消息经验证，全属实。

麦克白 纵碎骨粉身，我将拼死鏖战。
来，铠甲，送到我面前。

西顿 目前尚不急需。

麦克白 我偏要穿。
快，加派骑兵四乡查看；
敢言惧战者，绞刑伺候。给我铠甲。（西顿取来铠甲）——
医生，病人可已康安？

医生 病情不是太重，陛下。
她只是被幻觉所纠缠，

1 江山：原文 cheer（使高兴、振作起来），但莎士比亚使用的是双关语，cheer 的谐音是 chair（交椅、王位）。故此处将其寓意译出。——译者附注

身心难以释倦。

麦克白 那就治她这个病源。
难道对心病你就缺乏手段
拔不出扎根在她记忆中的伤斑？
剔不去刻写在她头脑中的忧烦？
你何不用某种甘美的健忘剂
洗涤她郁闷的胸间、除掉
那重压在她心头的危险？

医生 这样的事情
还得靠病人自己决断。

麦克白 把你的医道给狗吃吧；与我无缘。——
（对伺候其穿戴盔甲的众侍从）来，给我穿铠甲，
还有长矛一杆。——
西顿，快派骑兵。医生，王公皆如鸟兽散——
来，抓紧。医生，你要是能为我的国家
验验小便，诊断出她的病源，
通便利尿，使之健康复原，
我将为你喝彩赞叹，并让彩声回环，
使赞叹重复再三。——（对众侍从）我说，脱下。——
（对医生）有没有大黄、下通草、或泻药通便，
一下把英国佬全排泄完？听说过吗？

医生 是的，仁慈的陛下；王室兴兵备战
我等耳闻在先。

麦克白 （对西顿或众侍从）拿着，随我而前[1]。——

1 拿着，随我而前 (Bring it after me)：可能前文中提到的“脱下”就是脱下铠甲。这里是交代侍从随身带着铠甲。

除非伯南林移到了邓西嫩，
我既不怕死，也不怕险。

医生 （旁白）要是我能脱身离开邓西嫩，
天大的好处我也绝不回还。 众人下

第四场 / 第二十一景

伯南森林附近

旗鼓前导，马尔康、西华德父子、麦克杜夫、孟提斯、凯斯尼斯、安古斯、列诺克斯、罗斯及众兵士列队行进上

马尔康 弟兄们，好日子就快来到，
在卧室里你可以安然睡觉。

孟提斯 毫无疑问。

西华德 前面是什么森林？

孟提斯 伯南森林。

马尔康 让每个士兵砍下树枝一条，
举枝如做面罩；这就可混淆
我方的人数，让敌方
把军情错报。

一兵士 得令。

西华德 据传那暴君刚愎虚骄，
坐镇邓西嫩不动不摇，
任我围困，不急不躁。

马尔康　　这只是困兽最后一招；
因为他知道手下将士，
随时会伺机叛逃，
无论大小卑高；违心从命者，
其心亦早已动摇。

麦克杜夫　　还须待沙场战况，
判断方见出分晓。眼下
当严守军职，未可大意分毫。

西华德　　决战时机已到，
会让我们确切明了：
得，该得什么；失，该失多少。
散漫的推测带来飘忽的希望，
实在的结果只能靠真枪真刀。
欲知战果，战阵上瞧。　　众人列队行进下

第五场 / 第二十二景

麦克白邓西嫩城堡

旗鼓前导，麦克白、西顿及众兵士上

麦克白　　张我战旗，悬挂于城墙之表；
“他们来了！”有人高叫。我城堡
巍然，笑对围困周遭。来者休去，
看他日饥寒瘟疫，必吞灭尔曹！

若非借我倒戈之兵壮其声势，
我本可跃马阵前，对面横刀，
杀它个片甲难归旧巢。

幕内女人哭喊

何人喧闹？

西顿 王上仁慈，是女人哭叫。（下或走到门边）

麦克白 几忘却恐惧滋味夜夜朝朝。
曾几何时，夜闻一声尖叫，
便令我冷透脊梢；听人讲
恐怖故事，我也会毛骨悚然，
发指如同生命新造。而今，
司空见惯阴惨事，对嗜杀思涛，
已再无恐惧可令我悚然心跳。（西顿重上或上前）——
（对西顿）那哭声竟为何事？

西顿 陛下，王后驾崩了。

麦克白 这本是难免之事，或迟或早，
总会有人对她把这崩字儿叫。
明朝，明朝，又一个明朝，
一天天，碎步前进，迢迢，
直奔向人世末路、最后呼召。
“昨日”无穷，尽为愚人长举照，
照见黄泉路，尘沙渺渺。
灭吧，灭吧，这短暂烛火飘摇！
生命不过是能动的影子，
是可怜的演员，在舞台上蹦跳，
转瞬便迹敛声销；是白痴的故事，
意味寥寥，只充满愤怒与喧嚣。

—信差上

你只为摇唇鼓舌而来；有事快报。

信差　王上圣明，
小人本该将所见呈告，
却不知如何呈告才好。

麦克白　唔，但说无妨。

信差　我正在山头放哨，
向伯南方向远眺，
恍觉森林在移调。

麦克白　撒谎的奴才！

信差　但凭王上处分，若是小人谎报。
王上不妨自观，不出九里之遥，
据我看，一座移动之林已来到。

麦克白　你若胡说八道，
我就让你在这棵大树上吊，
直到成为饿殍；若你所言属实，
即以同罪罚我，我绝不讨饶。——
我的决心忽然变得轻飘，我开始
怀疑妖妇以假作真之模棱话是个圈套：
“别怕，除非伯南林移到邓西嫩之郊。”
眼下，伯南林果向邓西嫩迈开了步调。——
快，杀出重围，拿剑！取刀！
倘若他的预言果真变成现实，
守，怎可守；逃，无处逃。——
我开始连太阳也觉得讨厌，
只希望天崩地陷，乱七八糟。
来，敲响警钟！刮起风暴！灭就灭吧！

至少我是命丧征鞍，身着战袍。 众人下

第六场 / 第二十三景

邓西嫩的麦克白城堡外

旗鼓前导，马尔康、西华德、麦克杜夫及手持树枝的军兵上

马尔康 够近了；快现出你们的本相，
扔掉这树叶伪装。尊贵的叔叔，
您且亲率我堂弟、您英勇的儿郎，
冲锋陷阵第一帮。麦克杜夫贤将
和我，当殿后接应余部诸方，
但凭计划周详。

西华德 就此别过。
今夜，倘能与暴君之师直面相抗，
若不克敌，便甘心殒命沙场。

麦克杜夫 让军中一切号角吹响，气震八方；
动地军声先遣客，只报流血与死亡。 众人下。警号声声

第七场 / 景同前

麦克白上

麦克白 我已插翅难飞，被捆绑在桩子上，
但困熊犹斗，[1] 我必血战沙场。
有谁不是产自女人的阴道？
除此外我不惧任何豪强。

小西华德上

小西华德 来者何人？

麦克白 姓名报上，吓破你肝肠。

小西华德 吓倒我，休想！就算你的姓名凶过
地狱的魔王。

麦克白 我叫麦克白。

小西华德 连魔王本人通报的头衔，也不如你这姓名
更可憎无双。

麦克白 不。更可怕无双。

小西华德 胡说，你这可恶的暴君，看剑！
让我戳破你的弥天大谎。

二人交手，小西华德被杀

麦克白 你本是女人产出生养，
又何须当我面舞剑弄枪，
只徒增笑料供我品尝。 下

1 但困熊犹斗（But bear-like I must fight the course）：“困熊犹斗”指的是一种流行一时的西方斗兽娱乐：熊被捆绑在桩子上，周围以狗为诱饵，并受到群狗攻击。

警号。麦克杜夫上

麦克杜夫 喧闹在那方。暴君，快现出你身相！
我怕你首级落处，功不属我的刀枪，
我妻儿地下阴魂，会因此缠我不放。
我不能砍杀那些小兵，他们的臂膀
只用来扛刀拿杖；若我碰不上你，
麦克白，我将让利剑保持锋芒，
重归剑鞘候用。对，你应该在那方；
这一阵刀剑磕碰之声，似宣布
一位大将已经登场。让我如愿以偿吧，
命运，找到他，是我最大的愿望。 下。警号

马尔康与西华德上

西华德 这边，殿下。城堡已乖乖归降；
暴君的臣民身在彼邦而心向此邦；
王公们征战沙场时都勇敢坚强；
眼下，您差不多已胜利在望，
已无大事劳奔忙。

马尔康 我军所遇之敌，大都虚晃一枪。

西华德 殿下，请入城堡吧。 同下。警号

麦克白上

麦克白 我何必要当罗马的傻瓜，让自己
在自己剑下身亡？只要眼前有活人晃荡，
我还不如在他们身上留下刀伤。

麦克杜夫上

麦克杜夫 转过来，你这地狱恶狗，转过来！

麦克白 千军万马中，我避免和你相撞。
你最好离我远去，你家人太多的血浆

已注满我灵魂的胸膛。

麦克杜夫 我无话可讲；
怒吼就在我的剑上。你这嗜血的魔王，
人间已无词汇形容你的罪状！ 二人交手。警号

麦克白 劳而无功的尝试。
你的利剑难使我血液流淌，
就像你无法斩断空气一样。
你的利刃只合砍开凡夫的头颅；
而我的生命却有魔法保障，
凡由女人生下者都无法将我斫伤。

麦克杜夫 去你的魔法保障。
让你依然信奉的妖妇告诉你真相：
不足月的麦克杜夫不是自然出生
而是剖腹自他的亲娘。

麦克白 让告诉我魔法的舌头受到诅咒，
闻此言我的男子气概被大大挫伤！
千万别相信那些作弄人的妖魔，
他们的含混话让我们太费思量。
初听大有希望，最后大失所望。
这场决斗，我退出赛场。

麦克杜夫 那你就投降，胆小鬼，
留你一命好作示众时取样。
你这稀有的怪物，我们
会把你的画像高挂柱顶，写上：
“看，这就是暴君的下场。”

麦克白 屈服，休想，
我绝不会拜倒在小马尔康脚旁，

成为乌合之众围观唾骂的对象。
尽管伯南林移到了邓西嫩之郊，
尽管与非女人所生者狭路相撞，
我，必奉陪到底。我挺起战盾，
护住胸膛。来吧，麦克杜夫，谁先喊
“停，够了”，谁就永在阎罗之乡！

二人边交战边下。警号

二人边战边上，麦克白被杀。麦克杜夫拽麦克白尸体下

收兵号。喇叭奏花腔。旗鼓前导，马尔康、西华德、罗斯及众贵族与兵士上

马尔康 但愿不在现场的朋友都安然无恙。

西华德 可惜必有人阵亡。但眼前归者众多，
这个大捷真来得廉价而又漂亮。

马尔康 麦克杜夫走失；还有高贵的令郎。

罗斯 （对西华德）将军，令郎已尽军人天职，
虽只在弱冠之年，气血方刚，
但他临阵时的表现英武顽强，
确是一个堂堂男子汉，
只可惜捐躯沙场。

西华德 这么说他已战死？

罗斯 是的，他的遗体已从战场上搬走。
您的哀伤却不宜与他的美德比量，
因为那会越比越长。

西华德 他的伤口是在前边吗？[1]

罗斯 是的，是在额上。

1 他的伤口是在前边吗（Had he his hurts before?）：若在前面，则暗示他是正面迎敌而死。若在后面，则可能是逃跑而死。

西华德 好吧，愿他成为上帝的兵丁！
就算我的儿子多得像头发一样，
也无法期望他们死得更加辉煌。
这样看来，他的丧钟已经敲响。

马尔康 他应得到更多的哀悼，
这点，由我来提供补偿。

西华德 他已经备极哀荣。
人们说，他走得漂亮，债务清光。
愿上帝与他同在！看，新到捷报更辉煌。

麦克杜夫执麦克白首级上

麦克杜夫 吾王万岁！您已晋升国王。看，
篡位逆贼之万恶头颅在我手上；
人间自由啦。天下精英济济一堂
都和我一样，向您把致敬吐出衷肠；
我愿他们和我一起山呼：
万岁，苏格兰国王！

众人 万岁，苏格兰国王！（喇叭奏花腔）

马尔康 承蒙多方拥戴，我会很快
让各位的忠心得到报偿。
诸位王公国戚，当从今天，
尽皆荣封伯爵，此次重赏，
乃苏格兰首创。另须拟旨，
趁当下布新除旧，国运将昌，
应速召回流落他国之忠臣良将，
他们曾逃避暴君罗网而远走异乡。
屠夫已灭，那妖后亦亡，据说
自屠于毒手，但其凶残之余党，

必受惩罚，不使漏网。上帝明察，
凡此诸务，我们必将处置妥当，
时间、地点，皆令各得其宜。
最后，我向诸位、各界各方，
谨表谢忱，并郑重邀请诸位
共赴斯昆，亲睹我登基大典之堂。（喇叭奏花腔）众人下

巫曲二段

（显系莎士比亚退休后，托马斯·米德尔顿为演出而补充创作）[1]

曲一：第三幕第五场末

众精灵　（自高台）快快快，快快赶来，快快赶来，
赫卡忒，赫卡忒，快快赶来！

赫卡忒　我来了，我来了，我来了，
要多快，有多快，
要多快，有多快。
斯丹德琳在不在？

精灵甲　在。

赫卡忒　普科勒在不在？

精灵乙　在。

众精灵　霍波也在，荷尔维也在，
就差你不在，就差你不在。
来了就满员，快来快来。

赫卡忒　我这就出发，待我涂上油彩。
我这就出发，待我涂上油彩。[2]

精灵玛尔金自空中降下，外形若猫[3]

众精灵　他飘然而下，来取该得的福与财，
一个吻，一口血，一个拥抱满怀。
可你为何老拖延，奇怪，奇怪，

1　国内诸译本均无译文。今据《皇家版》补译。——译者附记

2　涂油彩的行为可能是女巫们的一种仪式。——译者附注

3　玛尔金，有“淫荡女人”的含义。——译者附注

瞧这空气，多好，多清新可爱。

赫卡忒 啊，都到了吗？有啥消息交代？

玛尔金 大家都很高兴，一切妥善安排。
该来到的都已到，
不该来的自不来。

赫卡忒 我已整装待发欲长空飞迈，（升空）
好，出发。啊，直达云霾，
相伴精灵玛尔金，真真可爱。
啊，这霄汉随我驰骋，
这快乐真是奇哉妙哉，
银轮吐辉，流光泻彩，
盛宴歌咏，嬉吻香腮！
飞越森林、峭石、山脉，
飞越水晶[1]泉流和大海，
飞越塔尖、塔楼与塔台，
趁夜飞渡，伴灵怪周遭；
无耳畔钟鸣声澎湃，
无犬吠与嗥叫狼豺，
无激水滔滔发喧声，
无炮管冲天逼云排。

众精灵 无耳畔钟鸣声澎湃，
无犬吠与嗥叫狼豺，
无激水滔滔发喧声，
无炮管冲天逼云排。 众精灵下

1 原文 crystal，水晶的、透明的。但在早期的音乐曲谱中，crystal 有时写作 mistress'，意即“情妇的”。

曲二：第四幕第一场，麦克白登场之前

赫卡忒	精灵，精灵，黑红灰白一大串， 都来混合、搅拌，尽量搅成一团。
女巫丁	梯逖、梯芬[1]，保持锅里黏稠稀软， 费热得拉克，普克[2]，让它们与命相连。 利雅德，罗宾，你们得上下搅翻。
众女巫	绕着大锅团团转，团团转， 跑进去的都是灾，跑出来的都是善。
女巫丁	这里是蝙蝠血。
赫卡忒	啊，快放里面，快放里面！
女巫戊	这里有豹子毒。
赫卡忒	快放里面。
女巫丁	毒蛇汁，蟾蜍涎。[3]
女巫戊	魔威更上一重天。
赫卡忒	放进去。一应俱全，臭味还须散。
女巫己	且慢，尚有三撮红发娼妇皮肉馅。
众女巫	绕着大锅团团转，团团转， 跑进去的都是灾，跑出来的都是善。

赫卡忒与另三位女巫下

1 梯逖（Titty）、梯芬（Tiffin）：两个精灵的名字。此二词分别有“乳头”、“丝绢”的意思。——译者附注

2 费热得拉克（Firedrake），普克（Puckey）：另外两个邪恶精灵的名字。“费热得拉克”是“火龙”的意思。——译者附注

3 毒蛇汁，蟾蜍涎（The juice of toad, the oil of adder）：二者均为剧毒。——译者附注